콧수염이 멋졌던 고양이 프레디에게

French not French

지콜론북

글. 장보현　사진. 김진호

목차 ⟫⟶

Prologue

여행지에서 돌아와 일상을 이어가다 보면 미지의 땅을 밟으며 낯선 세계의 환대를 온몸으로 만끽하던 행복한 이방인은 어느새 사라지고 없다. 어렴풋한 잔상을 곱씹으며 때로 일탈의 열병에 시달리기도 하지만 추억을 되짚어 기억 속에 빠져드는 건 언제나 달콤하다. 흐릿한 과거를 되짚는다. 어제의 일은 아니다. 일주일 전도 아니다. 한 달, 일 년은 벌써 지났다. 파리와 작별을 고한 뒤 두 번의 겨울을 흘려보내고 세 번째 여름을 맞이하며, 나는 복되고 나른한 여름의 한 가운데 있다. 파리를 떠나온 그때와 꼭 같이 여름이 절정이다. 시절의 감각은 어떤 기억으로 이끈다. 공감각을 상실한 채 어느 간이역에 홀로 남겨진 우리. 오후 8시가 넘어도 좀처럼 해가 저물지 않는 들녘은 그저 아름다울 뿐이다. 들풀 사이로 나부낀 허브 향과 가축의 퇴비 냄새가 희미하게 풍겨온다. 이름도 기억하지 못하는 작은 마을에서 우리는 길을 잃었고, 서산을 향해 점점 시들해 가는 태양의 잔광이 토해내는 찬란한 빛에 흠뻑 젖어 미온의 산들바람 속으로 말없이 한숨만을 보탤 뿐이었다.

불현듯 내 곁을 스쳐 간 다정한 사람들이 떠오른다. 샤틀레-레알역 가파른 계단에서 캐리어를 들어주겠다며 호의를 배푼 살뜰한 커플, 선물이라며 요리책 한 권을 선뜻 건넨 서점 주인, 이웃집에 사흘간 묵을 이방인을 위해 버선발로 뛰어나와 환영의 키스를 퍼붓던 북역의 노부부, 마르세에서 채소가 쌓인 가판대 앞에 섰지만 어쩔 줄 몰라 어영부영하던 우리에게 다가와 손수 저울 작동법을 알려준 몽트뢰유의 할머니, 기차를 놓치고서 풀이 죽은 내게 위로의 말을 걸어오던 릴역의 역무원, 축축한 콧잔등과 보드라운 두 발을 기꺼이 내밀어 보인 딩페르 호텔의 고양이… 다시 만나는 그날까지 Au Revoir!

French not French

01

Paris ⟶ Lucinges ⟶ Valvignères ⟶

와인 밭으로 가는 길

걷는 여행을 선호하는 편이다. 걷다가 마주하는 풍경의 속도감이 좋다. 몸의 리듬을 따라 느끼는 온전한 바람과 햇살, 발끝으로 전해오는 걸음의 감촉이 좋다. 가끔 뒤돌아 내가 걸어온 길을 바라보며 셔터를 누른다. 앞선 길을 향한 것이 아닌, 지나온 길을 기억하는 일. 작지만 소중한 내 여행의 버릇이기도 하다.

Une scène à arrêter une voiture en marche
달리는 차를 멈춰 서게 하는 풍경

French not French

파리에서 온 편지

레만 호수

여행지에서 차를 타고 장시간 이동하는 것은 괴로운 일이다. 시간이 아깝기
도 하거니와 우연히 만난 멋진 풍경을 그저 흘려 보내야만 하는 슬픔이 있기
때문이다. 이번 여행에서도 그런 순간이 불쑥 찾아오곤 했다. 레만 호수를
따라 프랑스로 돌아가는 길, 순간 구름이 걷히고 하늘에서 빛이 쏟아졌다.
고요한 호수가 빛으로 요동치기 시작했다. 구름과 산과 호수의 모든 것이
뒤섞이며 그저 아름다울 뿐이었다. 나는 차창을 열고 연신 셔터를 눌렀다.

Une scène à arrêter une voiture en marche
달리는 차를 멈춰 서게 하는 풍경

French not French

파리에서 온 편지

40 * 41

무지개

손을 뻗으면 한 손에 잡힐 것만 같던 그날의 무지개. 살면서 가장 가까이 무지개와 만난 곳이 프랑스라니. 프랑스의 가을 날씨는 변화무쌍하다. 해가 뜨다가 구름이 하늘을 뒤덮고, 바람이 불다 이내 다시 맑아지는 듯하더니 갑자기 비가 쏟아진다. 그러다 무지개가 눈앞에 나타났다. 무언가 좋은 일이 생길 것 같았다. 아니, 이미 좋은 여행을 하고 있다는 생각이 들었다.

론강의 협곡

낮과 밤이 교차하는 개와 늑대의 시간, 뭇 사진가들이 사랑하는 순간이다. 빛과 어둠이 뒤엉켜 자리를 내주고 서로를 잠식해 간다. 그 몇 분의 시간 동안 일각을 다투며 하늘빛은 요동친다. 사진가의 눈과 손은 바빠지고 긴 침묵으로 찰나의 순간을 마주한다.

Une scène à arrêter une voiture en marche
달리는 차를 멈춰 서게 하는 풍경

French not French

파리에서 온 편지

44*45

Une journée à Valvignères

제네바를 벗어나 서쪽으로 향한 우리는 발베니에르*Valvignères*에 도착했어. 프랑스의 지역 구분은 여전히 헷갈리지만, 비교적 최근 개편된 행정 구역 체계를 머릿속에 그려두었더니 유용해. 그러니까, 나는 아직 론알프스*Rhône-Alpes* 지역을 벗어나지 않은 거지. 알프스산맥에서 프랑스 남동부를 관통해 지중해로 흐르는 론강의 서쪽 지역에 당도했다고 보면 돼. 이곳은 나지막한 산으로 둘러싸여 있어. 한국 지리를 기준 삼으면, 뒷동산이나 다름없지만 평지가 대부분인 프랑스에선 마치 강원도의 험준한 산악지대에 파묻힌 고요한 마을 같아.

늦은 오후가 다 되어 도착한 〈La Tour Cassée〉는 멋진 벽난로가 있는 레스토랑 겸 숙소였어. 저녁에 발베니에르의 내추럴 와인 메이커 제랄드 오스트릭*Gerald Oustric*와 미팅이 잡혀 있었지. 그는 누구보다 자연스러운 미소와 제스처로 우리를 반겼어. 나는 그의 맑은 눈빛에 반했는데, 동방에서 온 낯선 차림의 이방인이 늦은 밤 불쑥 찾아왔음에도 그는 온화한 미소를 머금으며 우리를 환대해 주었던 거야. 이곳에 당도한 뒤부터 취재에 대한 부담감이 어느 정도 누그러졌던 것 같아. 모든 것이 물 흐르듯 흘러갔으니까.

다음 날 아침 일찍 일어나 이 작고 아름다운 동네를 산책하는 여유마저 생겼어. 밤사이 어둠 속으로 묻힌 발베니에르가 새벽빛에 깨어나는 소리를 들었어. 성능 좋은 히터 덕분에 따뜻한 밤을 보냈지만, 발끝을 무겁게 파고드는 묵직하고 서늘한 공기층에 이끌려 본능적으로 방을 빠져나왔지. 그대로 복도의 커다란 창문 앞에 섰어. 여명이 밝아오는 순간, 밤안개에 갇힌 고원의 능선이 잠에서 깨어나려 꿈틀대는 것을 두 눈으로 보고야 말았지. 나는 다시 방으로 돌아가 서둘러 카메라를 챙겨 무작정 길을 나섰어.

인적이 드문 거리는 일찌감치 문을 연 코너의 빵집만이 하루의 시작을 알릴 뿐이야. 도로와 건물, 교회, 성상, 나무와 들풀, 모든 것에서 아우라가 풍

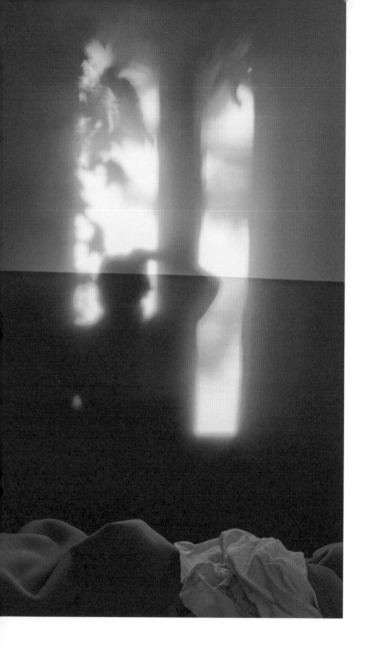

Une journée à Valvignères

발베니에르에서 하루

French not French

파리에서 온 편지

48 * 49

Une journée à Valvignères
발베니에르에서 하루

겨왔지. 지금까지 잘 보존되어 왔다는 사실이 놀라울 따름이야. 아니, 이곳의 사람들은 그런 강박조차 없이 주변과 조화를 이루며 그저 자연스럽게 살아왔을 거야. 나는 어제 막 이곳에 발을 들인 이방인일 뿐이지만, 발베니에르는 역사와 전통이 유기적으로 얽혀 있다는 사실이 생생하게 느껴져.

아침노을에 반사되어 붉게 빛나는 첨탑을 마주하는 순간 나는 시간 여행 속으로 함몰되었다는 환상에 사로잡히고 말았어. 주변엔 아무도 없었고, 현대 문명의 물질 요소가 내 시야에 들어오지 않았거든. 지난밤, 내주럴 와인을 마셨던 탓일까. 모든 감각이 아주 맑게 되살아났어. 아주 잠깐이었어. 저 멀리 도로에서 울리는 자동차 경적이 내 귀에 닿기까지.

생 생포리앵 교회 _Église Saint-Symphorien_ 는 12세기 무렵 축조된 전형적인 로마네스크 양식의 건물이야. 건축에 문외한인 나조차 첨탑 장식이 예사롭지 않음을 한눈에 알아보겠더라고. 발베니에르의 역사는 기원전 1세기부터 그 기록이 남아 있어. 로마 시대의 플리니는 그의 저서 『자연사』에서 발베니에르의 와인을 찬미하고 있지. 맞아. 네가 첫 요리책을 쓸 때, 허브를 공부하며 레퍼런스로 삼았던 바로 그 플리니 _Pliny_ 가 맞아. 웬만한 허브의 기원은 플리니의 기록으로 수렴된다는 네 읊조림이 귓가에 맴돌아. 발베니에르는 로마

시대부터 '와인의 계곡'이라 불릴 만큼 유서 깊은 땅이었던 거야!

찰나의 시간 여행을 마치고, 나는 빛을 좇아 무작정 걸었어. 시차증의 축복일까. 여행지에서 여명이 드리운 세계와 만나기 위해 전날 밤 미리 알람을 맞추거나 애써 일찍 잠들 필요가 없어. 태양보다 먼저 자연스레 눈이 떠지니까. 동틀 녘 어둠과 빛이 교차하는, 어둡지도 밝지도

않은 그 순간, 살아 있는 모든 것을 두 눈으로 바라봐. 그 짧은 순식간, 빛이 어둠을 향해 긴 사선을 그리며 땅과 가까이 누워 있기 때문에 드라마틱한 빛의 움직임을 관찰할 수 있어. 내가 조금만 방향을 틀어도 피사체가 입체적으로 변화하지. 역광과 순광의 교차, 자줏빛과 푸른빛, 맑은 노란빛의 교집합.

아침의 빛은 밤새 적막에 갇혀 있던 사물을 깨워. 깊은 잠에 머물러 있던 세계가 빛과 온기로 되살아나. 나무도, 풀숲도, 벌레도, 개와 고양이도. 다큐멘터리 속에 들어온 것 같아. 어느덧 해는 중천을 향한 궤도에 진입했고, 나는 그 여운을 되뇌며 숙소로 돌아왔어. 그리고 발베니에르의 오래된 정령과 비로소 마주했지. 숙소 로비에 놓인 그 무엇도 허투루 지나칠 수 없었어. 낡

은 피아노, 바닥 타일, 손때 묵은 의자와 가죽 소파 등. 이토록 오래된 고요함 속을 잠시나마 횡단한 것은 행운이었어.

하루를 꼬박 못 채우고 발베니에르를 떠나가던 길, 긴 이별을 고하며 돌아선 뒤안길에 사이프러스 나무가 산등성이를 제치고 하늘을 향해 솟아 있더라. 반 고흐의 활활 타오르는 그 사이프러스 나무 말이야. 파리에서 센강을 따라 걸었던 게 엊그제 같은데 나는 지금 여기, 프랑

스 남녘땅에 두 발을 딛고 서 있어. 존재조차 몰랐던 이 작은 마을이 내게 너무나도 익숙해. 언젠가 이곳에 다시 들르는 날엔, 빛을 쫓아 다급하게 길 위를 배회하는 일도 없을 거야. 그저 가만히 그 빛을 바라보겠지.

내추럴 와인

화학 보존제를 첨가하지 않고 자연 그대로의 제조법과 숙성을 통해
만들어지는 와인을 일컫는다. 모든 것의 시작은 포도나무가 뿌리를 내린
천연의 토양에서부터 비롯된다. 그 맛을 상상해 보면, 로마의 와인이
자연 그대로 빚은 '내추럴 와인'이었을 것이다. 그리고 지금도 여전히
삶에 대한 철학과 소신을 갖고 지속 가능한 방식으로 내추럴 와인을
생산하는 이들이 있다. 그들은 관습에 얽매이지 않는 자유로운 삶을
누린다. 무엇보다 과거의 방식을 따라 자연의 일부가 되는, 오랜 전통이
일상 속에 녹아든 현재를 살아가고 있다.

Une terre où brûle le soleil de midi

드디어 론알프스를 벗어나 남쪽 로헤*Lauret*로 왔어. 레지옹*région*의 경계를 넘자, 이전과는 사뭇 다른 풍경이 나타났지. 10월 말, 만추의 계절임에도 햇살은 한여름처럼 뜨거웠고 공기는 오븐에서 갓 구워 나온 피스타치오처럼 건조했어. 고원 지대에 아무렇게나 흐드러진 허브 향이 건조한 미풍에 나부끼며 맨살을 간지럽혔지. 어느샌가 나는 외투를 벗은 채 반팔 차림으로 거리를 활보하고 있던 거야. 낮 동안 길 위에서 만난 사람들의 옷차림 또한 한결 가벼워 보였어. 단, 큰 일교차에 카디건과 셔츠 하나 정도는 어깨나 허리춤에 걸친 모습이었지.

정오를 넘겨 한낮에 도착한 숙소는 모처럼 활기를 띠고 있었어. 프런트와 로비에는 한껏 들뜬 여행객들로 붐볐지. 벌써 토요일이 되었나? 달력을 봤더니 아직 수요일이더라고. 나중에 알게 된 사실이지만, 그 사람들은 몽펠리에*Montpellier*를 찾은 관광객이었던 거야.

Une terre où brûle le soleil de midi
한낮의 태양이 작열하는 땅

몽펠리에는 광활한 지중해를 품고 있는 프랑스의 남부 휴양지야. 해안선을 따라 동쪽으로 가면 마르세유, 칸, 니스가 차례로 나와. 반대로 서쪽을 향해 내려가다 보면 스페인 국경을 지나 바르셀로나가 눈앞에 펼쳐지겠지!

나는 테라스에 앉은 여행객들의 검붉게 그을린 피부를 거울 삼아 지중해가 펼쳐진 해안가로 쏟아지는 햇볕을 상상했어. 이곳에서 내가 눈에 담은 건, 오직 빛, 빛뿐이야. 사람들이 왜 한낮의 볕을 피해 그늘로 숨어드는지, 수많은 예술가가 왜 그토록 남프랑스의 태양을 찬미하는지, 마침내 이곳이 왜 '르 미디 *Le midi*, 한낮의 태양이 작열하는 땅'라 불리는지 알았어. 무자비하게 쏟아지는 태양 빛에 눈이 멀어버릴 것만 같았어.

'삼나무 산장' 정도로 해석되는 호텔 〈L'auberge du Cèdre〉 주변엔 그 이름처럼 오래된 삼나무가 무성했어. 만약, 너와 함께 이곳을 다시 찾는다면 그땐 우린 어디로 향하고 있을까? 몽펠리에 도심 관광은 제쳐두고 자동차를 빌려 해안 도로를 따라 니스에서 바르셀로나까지 가는 거야. 지중해의 빛을 온몸에 가득 담으러. 어때, 기다려지지 않니?

Une terre où brûle le soleil de midi
한낮의 태양이 작열하는 땅

레지옹 région

레지옹은 프랑스 지방 행정 구역 단위로 자율적인 행정권을 갖고 있다.
한국의 광역자치단체 단위의 도(道)와 비슷하다.

L'auberge du Cèdre

969 Route de Cazeneuve, 34270 Lauret

La ville
de
lumière
et
d'ombre,
Péznas

우연이 빚어낸 시간은 예기치 못한 선물과도 같아. 현지 일정을 조율하는 과정에서 공백이 생겼어. 점심에 만나기로 한 와인 메이커가 당일 아침, 저녁으로 약속 시간을 미룬 거지. 그사이 온전한 하루의 오후가 비어 버렸고, 남서쪽을 향하던 우리는 그길로 페즈나*Péznas*라는 도시에 들렀어. 별다른 이유는 없었어. 그저 가장 가까운 시내에서 점심을 해결하려 했을 뿐.

도심의 중앙 광장은 한산했어. 레스토랑과 예쁜 상점이 줄지은 거리는 나지막한 건물로 둘러싸여 있었고, 한낮의 식사상 아래 길게 늘어선 사물의 그림자들이 인상적으로 다가왔어. 우리는 문이 활짝 열린 레스토랑에 들어가 파라솔이 펼쳐진 테라스에 앉았어. 오늘은 10월 26일 목요일. 파리에 체크인한 지 정확히 일주일째 되는 날이야. 취재 일정은 이제 단 사흘을 남겨두고 있어. 우연히 다가온 망중한이 남프랑스의 화사한 빛 속에서 슬로 모

선처럼 흘렀지. 나는 파라솔 밖으로 몸을 반쯤 걸친 채 살바도르 달리의 「기억의 지속」처럼 온몸에 힘을 풀고 늘어졌어.

여과 없이 내리쬐는 대낮의 뙤약볕은 나에게 무용한 빛이야. 여명과 황혼의 빛을 늘 그려온 탓이겠지. 파라솔 아래 모처럼 휴식을 즐기고 있는데, 멀찌감치 바라본 풍경의 소실점이 보이지 않는 거야. 저렇게 좁다란 길은 어디서도 본 적이 없었기에 나는 곧장 늘어진 몸을 추스르고 자리에서 일어났어. 일행 모두 각자의 시간을 보낸 뒤 광장에서 다시 모이기로 하고서.

두 사람이 교차하면 서로 어깨가 닿을 것만 같은 그 좁은 골목길에 들어섰어. 순간 화가 조르조 데 키리코Giorgio de Chirico의 「거리의 우수와 신비」가 만화경 속 풍경처럼 눈앞에 내려왔지. 직사광에 노출된 거리는 지나치게 밝았고, 음습한 골목길은 심해와 같이 어두웠어. 이럴 땐 나는 어두움보다 밝음에 초점을 맞춰. 빛 속엔 어둠이 함께 도사리고 있거든. 반대로 어둠 속엔 빛이 자취를 감춰버려. 오래된 건물 사이 좁은 골목길이 만들어낸 명암의 대조는 키리코의 그림처럼 비현실에 가까웠지. 그림자에 의해 소실점이 뭉개진

것을 실제로 목격한 거야! 믿어지니? 초현실과 실제가 동시에 존재한다는 게. 내가 바라본 풍경은 현실이 아닌 것만 같았고, 나는 분명 페즈나의 한 골목길에 와 있었어. 모든 것의 경계가 흐려지며 불현듯 시공간이 뒤틀린 착각에 빠져버렸지. 만약 약속이 늦춰지지 않았다면 나는 페즈나의 좁은 골목길에 와 닿았을까? 빛으로 다가왔다 그림자로 사라지는 환상의 풍경과 조우할 수 있었을까?

페즈나의 골목길을 배회하던 내내 나의 시선

을 사로잡은 것은 오래된 문이었어. 저마다 다른 모습을 하고서, 마치 살아 있는 역사처럼 그 자리를 굳건히 지키고 있었지. 저 오래되고 낡은 문을 통해 언제부터 얼마나 많은 사람이 드나들었던 것일까. 저 웅장한 문 뒤로 과연 어떤 세계가 펼쳐질까.

사실 파리에 도착한 순간부터 나는 파리를 수놓은 파사드 형태의 커다란 문에 매료되었어. 19세기 후반, 오스만 남작*Baron Haussmann*이 설계한 일명 '오

스만 양식'의 건물은 파리의 모습을 천편일률적으로 만들었지. 그 건물들 사이에서 개성을 드러낸 것이 바로 거주자의 취향으로 제작된 각양각색의 문이었던 거야. 그 문을 이곳 페즈나에서 쉽게 만날 수 있어. 그냥 길을 걷다가 말이야. 이 오래된 문들은 대부분 '위대한 세기*Grand Siècle*'라 불리는 17세기에 제작된 것이라고 해. 베르사유를 중심으로 루이 13세와 14세가 통치하는 동안, 프랑스 남부의 이 작은 도시도 함께 번

영했지. 그래서 이곳은 '랑그도크*Languedoc*의 작은 베르사유'라 일컬어지기도 해. 정말 아주 작은. 시내를 둘러보는 데 30분이 채 걸리지 않았으니까.

17세기 민간 건축의 황금기를 이끈 페즈나는 오래된 역사만큼 수공예 장인들의 천국이야. 도예가, 목공예가, 금박공 등 중세부터 이어진 장인 정신의 전통이 현재까지 계승되고 있어. 지중해의 온화한 기후가 그들에게 영감의 원천이 되었던 것일까. 이토록 작은 마을로부터 파리를 비롯한 프랑스

전역에 예술적인 영향력이 미치고 있다니 놀라울 따름이야. 파리에는 페즈나에서 만들어진 문이 곳곳에 달려 있지 않을까? 페즈나 장인의 감각을 높이 산 어떤 프티 부르주아의 특별 요청으로 말이야.

페즈나가 옛 모습을 그대로 간직할 수 있었던 건 우연과 필연이 겹쳤기 때문이야. 19세기 중반까지 전성기를 누린 페즈나는 주요 철도 노선에서 소외되며 쇠퇴하기 시작했어. 사람들은 몽펠리에와 보르도로 몰려갔지. 대도시 사이에서 외딴섬이 된 페즈나는 개발에 비켜선 채로 우연히 옛 모습을 간직할 수 있었던 거야. 도시 전체가 문화유산으로 지정된 이후 현재까지 그 모습을 유지하고 있어. 유서 깊은 역사를 간직한 페즈나의 필연인 셈이지.

내가 프랑스의 남부 지역 어디쯤 와 있다고 했더니 넌 그 햇살의 질감을 되물었어. 너는 작가 알베르 카뮈_Albert Camus_의 소박하며 순수한, 그 어떤 의미도 담고 있지 않은 알제의 햇살을 늘 동경해 왔잖아. 랑그도크의 햇살은 그 빛의 일부가 반사된 것일지도 몰라. 여긴 지중해 건너 아프리카 대륙 최북단에 있는 알제리와 그리 멀지 않으니까. 뜬금없이 왜 카뮈의 이야기를 꺼내느냐고? 페즈나는 카뮈의 첫 책을 출판한 편집자 에드몽 샤를로_Edmond Charlot_가 말년에 정착한 곳이거든. 몰타섬에 뿌리를 둔 샤를로는 알제리에서 태어나 파리를 거쳐 페즈나에서 말년을 보냈어. 그는 아랍인과 유럽인 사이에서 정체성을 고민하며, 분열된 세계를 평화와 예술로 융합하고자 한 '지중해 문명'의 수호자였지.

반팔 차림으로 거리를 활보했더니 팔뚝 언저리가 따끔거려. 햇볕에 미미한 화상을 입어서겠지. 이번 여행에서 얻은 지혜라면 11월을 앞둔 늦가을이라도 남프랑스에선 선크림을 꼭 챙겨야 한다는 거야. 이토록 찬란한 햇빛과 함께할 수 있다면 얼마든, 기꺼이.

French not French

파리에서 온 편지

64×65

À la
re-
cherche
du
monde
perdu

하루 사이 옥시타니*Occitanie* 최북단까지 올라왔어. 프랑스 전체 지형을 놓고 보면 여전히 남쪽이지만 더 이상 강렬한 태양과 건조한 대기는 느껴지지 않아. 지중해 기후의 영향권에서 벗어난 탓이겠지. 이곳은 강을 낀 내륙이라 오히려 습해. 그러니까 나는 퓌레베크*Puy-l'Évêque*라는 곳에 와 있어. 로트강이 뱀 모양으로 굽이치는 길목에 자리한 마을이지. 동네 어귀로 진입할수록 활판으로 인쇄된 중세 고서의 한 페이지 속으로 들어가는 것만 같았어. 로마

네스크 양식의 지붕과 마모된 석조 건물이 커다란 아름드리나무 사이로 보였거든. 이곳엔 또 어떤 이야기가 흐르고 있을까.

나는 숙소 주변을 천천히 걸었어. 늦가을의 향기가 습한 대기를 타고 온몸을 적셨지. 비가 갠 뒤 빛의 산란 탓인지 이리 튕기고 저리 튕기는 노을은 그날따라 유독 붉게 빛나더라. 가을의 절정에서 빨갛게 물든 단풍이 지금의 노을빛과 만나 금방 불이라도 붙을 듯 이글거렸지.

로트강 지류에서 흘러온 작은 하천의 수면 위로 태양의 토사물이 마구 쏟아져 내렸어. 서쪽 하늘에 걸친, 습지의 실루엣 사이로 낮과 밤의 무의미한 전투가 한창이었지. 밤의 승리가 자명한 일이잖아. 너는 서산 너머로 하루의 빛이 죽어가는 순간을 늘 아쉬워하며 태양의 편을 들곤 했지. 나는 낮의 편에도 밤의 편에도 서지 않아. 낮과 밤의 경계에 놓인 세계를 마주하려 해. 그리고 지금 이 순간, 그 풍경과 만났어.

저녁 식사에 초대를 받고 도착한 곳은 루이*Louis*와 샤를로트 페로*Charlotte Perot* 부부의 집이었어. 아직은 엄마 품이 익숙한 아기와 개구쟁이 남매까지 한 가족의 온기로 충만한 공간에서 아늑함을 느낄 수 있었지. 세 아이의 생기 넘치는 소음을 배경으로 루이와 샤를로트가 다정하게 대화를 주고받는 그 모습에서 갑자기 데자뷔가 떠오른 거야. 발밑으로 고양이 두 마리가 부드러운 털을 부비며 살랑살랑 오가고 너와 나는 쓸데없는 대화를 하염없이 이어가는 그 사소한 일상 말이야. 내일이면 너와 함께하는 여행이 시작되겠지. 샤를드골 공항 도착 시간이 오후 5시라고 했나? 파리에서 너와 다시 만나기까지 24시간도 채 남지 않았네.

나를 포토그래퍼라고 소개하자, 루이와 샤를로트는 여태껏 만난 와인 메이커와는 사뭇 다른 관심을 보였어. 나는 그들에게 이번 여행에서 찍은 사진을 기꺼이 내보였지. 루이는 진지한 표정으로 사진을 넘기다 어느 순간 동작을 멈췄어. 그것은 사흘 전, 제네바에서 프랑스로 돌아오는 길목에서 레만 호수를 찍은 풍경이었어. 호수의 반은 스위스 영토였고, 나머지 호수와 거대한 산은 프랑스에 속했지. 구름 너머엔 그 유명한 몽블랑산이 가려 있었을 거야. 스위스와 프랑스, 그리고 다시 스위스가 중첩된 풍경이라고 할까. 달리는 차 안에서 호수의 풍경과 마주한 순간, 나는 차를 세워달라고 부탁할 겨를도 없이 차창에 렌즈를 밀착시킨 채 본능적으로 카메라 셔터를 눌렀어. 반짝이는 호수 위로 거대한 산이 지금 막 솟아오른 것같이 생생한 순간이었지.

그는 주방에서 요리를 하고 있던 아내에게 다가가 알아듣지 못할 말로 대화를 주고받았어. 연신 고개를 끄덕이며 말이야. 그 호수 사진을 자신의 한정판 샴페인의 라벨로 쓰고 싶다는 거야! 갑작스러운 요청이었지만 나는 기쁜 마음으로 응했어. 언어의 장벽 탓에 깊은 대화를 나누지는 못했지만,

À la recherche du monde perdu
잃어버린 세계를 찾아서

오직 이미지만으로 소통을 이어간 소중한 경험이었지.

알고 봤더니 루이와 샤를로트는 이 아름다운 마을에 정착하기 이전, 전형적인 파리지앵의 삶을 살았다고 해. 부부 모두 문학계 종사자로서 루이는 파리 15구에 위치한 프랑스 최대 규모의 서점인 〈르 디방 *Le Divan*〉에서 일했고, 샤를로트는 1833년, 가르니에 *Garnier* 형제가 창립한 클래식 가르니에 *Classiques Garnier* 출판사의 문학 편집자로 숨 가쁜 나날을 보냈지. 클래식 가르니에는 파리 6구의 카르티에라탱 수변을 산책하다 우연히 발견하게 될지도 몰라. 함께 길을 걷다 예쁜 초록색 간판의 서점을 만나면 들러 보자. 책을 뒤적이다 보면, 샤를로트의 이름이 나올지도 모르니까!

부부가 파리를 뒤로하고 보르도 인근의 작은 마을로 과감하게 터전을 옮긴 이유는 삶의 또 다른 의미를 부여하기 위해서였다고 해. 2015년, 루이와 샤를로트는 마침내 오래전 버려지고 방치된 포도밭을 재건하는 데 성공했고, 'L'Ostal Levant'이라는 멋진 와인을 만들고 있어.

로스탈의 철학은 매우 단순하며 체계적이야. 옛 방식을 고수하는 거지. 포도나무 한 그루당 한 줄기를 키워. 나무를 혹사시키지 않는 지속 가능한 농법이라고 해. 동물과 사람, 식물이 서로 거스르지 않고 조화를 이루는 거야. 궁극적으로 생물의 다양성이 자생적으로 뿌리내리게 되는 것이지. 'L'Ostal Levant'라는 이름 자체가 이를 대변해. 'lostal'은 '잃어버린'이라는 뜻의 형용사이고, 'levant'은 '아침에 일어나다'라는 의미를 가진 동사 'lever'에서 유래된, 지중해 동부 해안을 따라 형성된 나라를 뜻해. '잃어버린 동방' 쯤으로 해석하면 되려나? 내가 이해한 것이 맞다면 루이와 샤를로트는 잃어버린 세계에 대한 동경과 희망을 와인에 담고 있어. 그들이 발견하고 손수 일궈낸 이곳은 잃어버렸지만 되찾은 공간인 동시에 자신의 생활 공간이자 작업장이며, 어린 시절의 순수함이 깃든, 아버지와 어머니와, 어머니의 어

À la recherche du monde perdu
잃어버린 세계를 찾아서

머니와 아버지의 아버지의, 그보다 더 먼 선조들의 기억을 동시에 품고 있는 땅이 아닐까. 고향에 대한 근원적인 향수를 품은. 이들은 그 과업을 충직하게 이행하고 있어. 포도 재배부터 수확, 양조와 발효까지 모든 작업을 전통의 방식대로 두 손과 두 발로 이뤄내고 있어. 기계의 도움을 빌리지 않고 말이야. 채석장을 개조한 석회 동굴은 전기가 들어오지 않아 오로지 촛불로 밝힌다고 해. 믿어지니?

루이와 샤를로트의 와인은 내가 마셔 본 내추럴 와인 중 가장 청정한 맛을 담고 있었어. 봄볕이 내려앉은 계곡에 발을 담그고, 깨끗한 시냇물을 벌컥벌컥 들이켜는 기분이 들었지. 입안으로 퍼지는 진한 과일 향은 청명한 하늘 아래 새하얗게 만개한 아몬드꽃을 연상케 해. 반 고흐의 아몬드 나무처럼 말이야. 나는 이곳에서 지속 가능한 삶의 해답을 찾은 것만 같아. 천진한 아이들은 아버지와 어머니를 따라 포도밭 덩굴과 석회 동굴 사이를 총총 뛰어다니고, 자연에서 얻은 제철 식재료를 양껏 먹고 마시며, 계절 따라 변화하는 살아 있는 풍경과 하나가 되는… 중세 마을을 그대로 옮겨놓은 것만 같은, 아니 과거의 향수가 그대로 남아 있는 이 아름다운 곳에서 루이와 샤를로트의 가족은 문학적인 삶 그 자체를 살아가고 있어. 아이들은 어머니와 아버지가 되찾은 땅 위에서 잃어버린 시간의 기억을 채워가겠지.

p.s 루이와 샤를로트는 2020년 가을, 네 번째 아이를 낳았다. 그곳에서 여전히 지속 가능한 삶을 이어가고 있다. 김진호 작가의 이미지는 'L'Ostal Levant'을 위해 항상 열려 있으며, 또 다른 협업을 위해 이미지로 소통을 이어나가는 중이다.

파리로 가는 기차 ⫸→

Train
pour Paris

하늘을 찌를 듯한 첨탑과 잿빛 돔으로 조금씩 빛나는 만사드 지붕이 하나둘씩 모습을 드러내며 열흘간의 대장정이 마무리되는 순간이었어. 리옹역에서부터 타고 온 렌터카를 반납하기 위해 보르도 생장역으로 진입하는 중이었지. 차에서 내리자 해 질 녘 매직 아워에 물들어 가는 도시의 전경이 파노라마처럼 펼쳐졌어. 도시가 내려다보이는 야외 옥상에 주차장이 있었거든. 황금빛으로 물든 보르도는 마치 작은 파리와도 같았어. 웅장하고 화려한 네오고딕 양식의 파사드 성당과 고풍스러운 석조 건물이 질서 정연하게 구획되어 있었지.

우리는 역사 인근에서 저녁을 해결하고 파리 몽파르나스행 기차에 오를 예정이었어. 저녁 식사를 예약한 곳은 한식 레스토랑 〈모꼬지〉. 기나긴 일정의 피날레를 자축하기 위해서는 아무래도 고향의 맛이 필요했을 테니까.

생장역에서 택시를 타고 강변 대로를 따라 10여 분을 달렸을까? 차창 밖

오른편으로 강이 흐르고 있었어. 그것은 분명 강이었지만, 바닷물의 비릿한 향기가 풍겨왔지. 그때 문득 보르도가 항구 도시였다는 사실이 떠오른 거야! '대항해 시대'라는 게임에서 보르도는 유럽의 주요 거점 항구였거든. 게임 속 나는 보르도항에 내려 함선 제작을 의뢰한 뒤 유능한 항해사를 고용하고, 질 좋은 보르도 와인을 사들여 런던에 팔곤 했지.

군중이 즐비한 광장에 내리자 푸른 밤의 안료가 가론강 수평선 아래로 핑크빛 노을을 끌어내리는 중이었어. 분수대와 부르스궁 사이엔 초승달이 떠올랐지. 보르도에서 초승달을 만난다는 것은 마치, 무진에서 안개 속에 휩싸인 것과 같을까. 가론강이 대서양으로 흐르며 보르도를 초승달 모양으로 감싸 안은 모습이 이곳에 '달의 항구'라는 멋진 별칭을 안겨주었거든.

참, 보르도의 명물은 보르도와인이 아니라 한식 레스토랑 〈모꼬지〉야. 한국 어디에서도 먹어본 적 없는 가장 맛있는 닭강정을 만났거든. 일행 모두 보르도에서 최고의 닭강정을 먹게 될 줄은 꿈에도 몰랐다며, 농담 섞인 찬사를 보냈지. 레스토랑은 꽤 북적였는데 관광객이 아니라 현지의 젊은이들이 자리를 가득 채우고 있었어. 그들 사이에선 한식을 즐기는 게 꽤 힙한 문화로 통하나 봐. 한국적인 요소를 드러내지 않은 모던한 인테리어가 오히려 신선하게 다가왔어.

생장역에서 몽파르나스역까지는 테제베로 2시간 거리야. 고속 열차로 달리는 한밤의 풍경은 어둠과 어둠뿐이겠지. 이 어둠을 지나면, 빛의 도시 파리에서 서울의 공기를 싣고 온 너와 만나겠지.

French not French
파리에서 온 편지

French not French

02

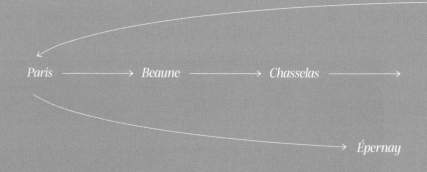

Paris ——————→ Beaune ——————→ Chasselas ——————→

Épernay

Arbois ———→ Poligny ———→

파리와 소도시의 나날

Bonjour,
Paris

←⫻ 봉주르, 파리

11월을 사흘 앞둔 10월의 어느 밤. 방 한가운데 펼친 77인치 캐리어엔 평소 꺼내 입지 않던 빈티지 옷이 쌓여 있다. 60년대 모드, 70년대 히피 스타일, 비교적 최근의 프렌치 시크까지. 나머지 빈칸은 열흘 앞서 프랑스에 머무르고 있는 남편을 위해 고국의 향수로 채워가는 중이다. 얼큰한 라면, 깻잎 통조림, 김치와 깍두기 파우치, 레토르트 쌀밥 등. 고양이 미셸과 꼬망은 캐리어가 마치 크루즈선이라도 되는 양 번갈아 가며 승선과 하선을 반복한다. 옷가지 위로 소복이 쌓인 고양이 털. 이틀 뒤 루브르 앞에서 기념사진을 찍고 있을 즈음엔 미셸과 꼬망도 내 품 안에 함께 머무르겠지. 제법 묵직해진 캐리어를 봉하고 휴대용 가방 안으로 기내에서 읽을 책 서너 권과 여권, 그리고 유로 지폐가 담긴 돈 봉투와 비행기 탑승권을 챙긴다.

집을 떠나던 아침, 지난겨울부터 마당을 오르내리던 턱시도 고양이 프레디에게 마지막 눈인사를 건넨다. 어쩐 일인지 밥그릇에 쌓인 고양이 사료가 며칠 전부터 줄지 않는다. 초여름 무렵 프레디는 한 달의 공백 끝에 다시 나타난 전적이 있기에 대수롭지 않게 여긴다. 정든 골목길을 떠나며 마음속으로 안녕을 기원한다. 나의 작은 집을 둘러싼 모든 정령들에게. 그들의 화답이 귓가에 맴돈다. "Bon Voyage!"

1시간이 넘게 연착된 비행기에 몸을 싣고 13시간을 날아 도착한 샤를드골 공항. 인천에서 비행기가 정시에 출발했다면, 조금 전 상공에서 마주한 검붉은 노을이 파리의 지평선으로 내려앉는 풍경을 눈에 담았을 것이다. 까다로울 것으로 생각했던 입국 수속은 매우 순조로웠다. 이대로라면 숙소에 짐을 맡기고 파리 시내를 한 바퀴 돌 수도 있겠다며 연착의 아쉬움을 상쇄시키기도 했다. 나는 터미널의 한적한 구석 자리에 앉아 공항에 마중 나오기로 한 남편을 기다렸다. 동 시간대 도착한 입국자들이 썰물 빠지듯 터미널을 빠져나가자 순간 정적이 감돌았다. 그제야 나는 무언가 잘못되었음을 직감했다. 내가 도착한 플랫폼은 1터미널이었다. 2터미널로 이동해야 파리 시가지와 연결된 대중교통을 이용할 수 있었던 것이다. 뒤늦게 2터미널행 공항 셔틀에 올라탔을 땐 제법 어둠이 내려앉았다.

2터미널에 다다르자 저 멀리 익숙한 실루엣이 다가왔다. 남색 바버 재킷을 입은 천사와도 같았다. 남편은 퍽 익숙한 몸짓으로 메트로 창구로 다가가 RER B티켓 두 장을 끊었다. 우리는 공항철도 탑승구를 지나 플랫폼에 안착했다. 고풍스러운 시계탑 아래 캐리어를 기대고 비로소 안도의 깊은숨을 내쉰다. 가을밤 축축하고 서늘한 공기가 목덜미로 스며들 즈음 경쾌한 안내 방송과 함께 공항 철도가 도착했다. 숙소가 있는 파리 북역이 목적지다. RER B는 환승 없이 북역으로 직행하는 노선이다. 허리춤까지 닿는 캐리어를 메트로에 싣고 자리에 앉으니 비로소 파리의 낯선 공기가 다가온다. JFK 공항의 다우니 향기, 델리 공항을 떠도는 온갖 향신료 뒤섞인 내음, 수완나품 공항의 고수 냄새와 같은 강렬한 심상이 각인되길 바랐건만 11월을 하루 앞둔 이곳엔 차갑고 습한 대기 중으로 무향 무취가 떠돌 뿐이다. 이따금 스치는 파리지앵 틈바구니로 아찔한 향수 냄새가 코끝을 찌른다. 시가지로 향하는 메트로 창가 너머로 이미 짙은 어둠이 깔렸다. 파리가 초행길인 여행자의 눈에는 나트륨등 아래 비친 교외의 희미한 풍경조차 새롭기만 하다.

Gare
du
Nord,
Paris

ALEXEY SHLYK

←〰 파리 북역

북역은 프랑스 최대 기차역인 동시 유
럽에서 가장 붐비는 장소다. 세계
각지에서 몰려든 사람들로 늘 인
산인해를 이룬다. 다양한 사람
들이 각양각색의 차림으로 저마
다 바쁘게 오가는 것을 보고 있
노라면 '인종의 용광로*The melting pot*'
라는 표현이 절로 떠오를 것이다.
다만 현지인조차 우범지역으로 꼽는
곳이 바로 파리 북역이다. 삶의 층위가
견고하게 굳어 있다면 이 펄펄 끓어오르는 용
광로는 두려움의 대상이 될 것이다. 나에게 북역은 그저 스케일감이 확대된
서울역일 뿐이었으며, 삶의 용광로 그 자체였다.

북역에 정차한 메트로에서 무거운 캐리어를 끌고 내려왔을 때 나는 분명
경직되어 있었다. 어리숙한 여행객에게 누군가 다가와 동전을 구걸하거나
밀거래를 제안할 것이라 여겼기 때문이다. 그 낯선이들은 각자 익숙한 자리
를 점하고 제 관성을 충직하게 행하고 있었다. 다만, 내가 관심을 보이지 않
으면 그들도 굳이 다가오지 않는다는 사실은 당연한 공식이다. 그들은 나의
일상에 굳이 개입하려 들지 않았으며 나도 그들의 삶을 휘젓고 싶지 않았다.

북역에 대한 짧고 강렬한 첫인상을 뒤로 플랫폼을 빠져나와 지상층에 도
달하자, 역사 곳곳에 비치된 대형 전광판으로 사진 박람회를 위한 찬가가
쏟아지고 있었다. 마침 파리 전역엔 「PARIS PHOTO」를 타이틀로 내건 전시
가 한창이다. 예술 속에 일상이 스며든 것인지, 일상 속에 예술이 녹아든 것
인지 경계를 가늠할 수 없을 만큼 공간과 플랫폼을 압도하는 일상과 예술의

아우라가 전해온다. 역사 전체가 거대한 박물관을 방불케 하며, 시시때때로 살아 움직인다.

가벽에 설치된 대형 포토그래피 사이로 역 안을 가득 메운 군중이 끊임없이 흐른다. 유로스타를 타고 도버해협을 건너온 영국인과 북유럽인, 탈리스를 타고 서쪽 국경을 넘어온 독일인과 네덜란드인 그리고 벨기에인, SNCF 철도청 소속의 노동자, 짐꾸러미를 가득 쟁이고 피로에 휩싸인 채 하릴없이 무언가를 기다리는 사람들. 그 틈바구니에 한 손엔 캐리어를 끌고 다른 한 손엔 지도 앱이 켜진 핸드폰을 잡고 북역을 서성이는 우리가 있었다.

군중과 길거리 사진전이 얽히고설킨 생경한 풍경을 뒤로하고, 북역의 비호 아래 있는 숙소로 향한다. 노을은 완전히 사라졌고 어스름이 걷힌 땅 위로 밤이 찾아왔다. 맑은 군청색 하늘빛 사이로 불안한 파동의 가로등이 하나둘씩 켜지는 중이다. 영화나 책에서나 볼 법한 19세기 파리가 바로 눈앞에 펼쳐지고 있다. 좁고 굴곡진 더러운 골목마다 악취가 풍겨오고, 밤의 방랑객들이 거리를 배회한다. 발걸음을 옮길 때마다 캐리어 바퀴와 굴곡진 돌바닥 사이의 묵직한 마찰음이 파리의 밤하늘을 수놓는다. 잠시 숨을 고르고 멈춰 섰을 때, 소실점이 보이는 골목 깊숙한 어귀에서 샤를 보들레르_Charles Baudelaire_가 비틀거리며 욕설을 퍼부을 것만 같은 환상에 사로잡히고 말았다. 숙소에 어서 이 무거운 짐을 내팽개치고 파리와 뒤섞이고 싶다.

Apparte
-ment
à Paris

1

←≪ 파리의 아파트 1

북역의 북적이는 인파를 헤집고 드디어 도착한 숙소. 도어록 비밀번호를 입력하고 초록색의 묵직한 대문을 밀자 암흑에 휩싸인 로비가 나타났다. 곧 센서 등이 켜지고, 공항 철도 안에서 남편이 미리 이야기를 풀어놓은 귀여운 엘리베이터가 거짓말처럼 모습을 드러냈다. 두 사람과 캐리어 두 개가 꼭 맞게 들어간다며 찬사를 아끼지 않았던 그 작은 엘리베이터.

4층에 다다르자 예쁘게 펼쳐진 마룻바닥 너머 웅장한 버건디색 현관문이 우리를 반겼다. 현관문에 열쇠를 꽂았을 때, 역시 남편의 말대로 이웃집 노부부가 문을 열고 버선발로 나와 우리를 반겼다. 몇 시간 전, 숙소에 먼저 도착한 남편과 벌써 구면인 노부부는 마치 오랜 이웃을 맞이하듯 반가운 기색을 숨기지 않았다. 서로 이해하지 못하는 언어가 중구난방으로 복도에 울려 퍼지고 있었음에도 노부부와 우리는 뉘앙스와 표정, 손짓과 몸짓으로 만남의 기쁨을 한껏 나누었다. 옆집 노부부와의 짧은 만남은 장시간 비행으로 움츠리든 몸의 피로와 낯선 시간과 공간에 놓인 두려움과 긴장을 녹이기에 충분했다.

그렇게 새 이웃과 짧은 인사를 나눈 뒤, 현관문을 열어젖히자 파리에서의 첫 보금자리가 마침내 베일을 벗고 그 모습을 드러냈다. 가장 먼저 코끝을 스친 감각은 오래된 마루 냄새와 낯선 세제 향. 그다음 눈에 들어온 것은 고풍스러운 옷걸이에 걸린 각양각색의 모자였다. 어림짐작으로 열 개는 거뜬히 넘어 보였다. 각자 다른 목소리로 속삭이는 다중의 음성이 "Bonjour." 라고 외치는 듯했다. "이봐요, 당신은 지금 파리에 있어요. 어서 마음에 드는 모자를 하나 집어 들고 밖으로 나가 당장 거리를 활보하라고요!"

숙소는 현관을 기준으로 오른편엔 침실과 변기만 놓인 화장실, 그리고 왼편엔 주방과 욕조가 딸린 샤워룸이 복도식으로 구비돼 있었다. 마루는 가지런한 패턴으로 예쁘게 깔려 있었다. 걸을 때마다 삐거덕 소리가 났는데

묘하게 한옥의 대청 위를 걷는 기분이 들곤 했다. 변기만 덩그러니 놓인 건식 화장실은 프랑스 인테리어의 특징인 듯 보였다. 이후, 프랑스에 있는 어느 숙소를 들르든 건식 화장실과 습식 샤워룸이 분리되어 있었으니까. 양변기만 놓인 공간은 마치 마르셀 뒤샹*Marcel Duchamp*의 「샘」을 연상케 했고, 매거진 랙 사이에 꽂힌 디자인 잡지로 인해 일상이 예술이 되는 마술이 펼쳐지던 우리의 첫 숙소였다.

숙소를 고를 때, 가장 우선순위로 두는 요소는 채광이다. 다음 날, 해가 밝은 뒤 바라본 숙소는 또 다른 매력을 풍겼다. 시차에 적응하지 못해 이른 새벽부터 인근 산책을 마치고 숙소로 돌아가는 길. 정문을 밀자 지난밤 어둠 속에 감춰 있던 초록의 정원이 펼쳐졌다. 소박하지만 정성스럽게 가꾼 싱그러움에 이끌려 정원으로 살며시 발을 들이자 어디선가 한달음에 달려온 마담이 환한 미소를 머금고 상기된 어조로 말을 건넸다. 노래하듯 흐르는, 이토록 아름다운 언어를 전혀 알아들을 수 없던 우린 그저 환한 미소로 화답할 뿐이었다. 그런데도 우리는 부인과 꽤 오랜 시간 대화를 나누었다. 부인이 이야기를 하고, 남편과 나는 웃으며 고개를 끄덕이는 식이었지만. 서울로 돌아와 프랑스어를 배우기로 하고 수년이 흐른 현재, 지금의 모습으로 다시 시간을 되돌린다면, 부인과 대화를 나눌 수 있었을까?

"Bonjour, Madame, C'est le Jardin tres beau. J'adore ca. 정원이 정말 마음에 들어요 이곳을 사랑하게 될 것 같아요."

침실 테라스 창으로 파리의 아침이 밝아오곤
했다. 길 건너 구역의 만사드 지붕 위로 솟
아오른 태양은 이내 침실을 비췄다. 정오
무렵엔 중천에 떠오른 태양의 조각난 빛
이 좁은 복도의 반짝이는 마루를 타고
흘렀으며, 해 질 녘 소멸 직전의 부드러
운 사선의 빛이 부엌을 적셨다.

황톳빛 타일이 예쁘게 깔린 부엌은 요리
를 즐기는 프랑스인의 취향으로 가득했다. 화가 앙
리 마티스의 색종이 콜라주를 연상시키는 통통 튀는 보타닉 벽지를 맞댄 묵
직한 비앙코 대리석 식탁은 우리가 숙소에 머무르며 가장 오랜 시간을 보낸
공간이었다. 주방 곳곳엔 예쁜 식기들이 숨어 있었다. 하늘색 르크루제 냄
비, 푸른 제비꽃이 그려진 각진 도자기 접시, 싱그러운 식물 패턴의 큼지막
한 샐러드 볼 등. 설거지할 때마다 싱크대 위로 난 통창에 비친 이웃집 베란
다에 걸린 붉은 제라늄은 왠지 모를 생의 기쁨을 선사했다.

어느 일상처럼 여행의 추억을 자연스레 쌓을 수 있도
록 한 일등 공신은 바로 중앙 정원이 내려다보이
는 욕조였다. 길 위에서 쌓은 하루의 피로를
따뜻한 미온수로 흘러보내면 이내 다시 태
어나곤 했다. 귀여운 회색 타일이 빼곡히
붙은 샤워룸 창가에 놓인 욕조에 몸을 누이
면 마담과 짧은 대화를 나누었던 싱그러운
정원이 시야에 들어왔다. 샴페인이라도 한 잔
가득 채워 망중한을 즐기고 싶었지만, 우린 시간

Appartement à Paris 1
파리의 아파트 1

을 쪼개어 쓰는 관대하지 못한 여행자 아니었던가.

모든 게 낯설기만 한 이방인에게 이토록 편안한 안식처를 내어준 북역의 첫 숙소. 언제고 다시 마주했으면. Au Revoir!

후일담 하나. 마르세_Marché_에서 장을 보고 돌아온 우리와 다시 한번 마주친 옆집 할머니. 그녀는 다짜고짜 내 손을 꼭 잡았다. 이번에도 역시 할머니는 말하는 사람의 역할을, 우리는 잘 들어주는 배역을 맡았다. 할머니는 빨간색 스웨터를 걸치고 플라스틱 통 하나 때문에 분리배줄을 하러 4층에서 내려오는 길이라고 했다. 어떻게 알아들었느냐고? 글쎄. 마음이 통한다고 해야 하나. 할머니의 건조한 손에선 이상하게 온기가 느껴졌다. '아비옹_Avion_'이라는 말을 많이 했는데, 그것이 '비행기'라는 것쯤은 지금은 매우 잘 알고 있다. 당시엔 그조차 알아듣지 못해 멋쩍게 웃음 지으며 자괴감에 휩싸였지만. 아마도 그녀는 의중은 대충 이런 뉘앙스였을 것이다 "너희 귀여운 부부, 비행기 타고 파리에 여행을 왔구나. 파리는 참 멋진 곳이야. 좋은 구경 많이 하고 가렴, Bon Voyage!"

La vie quotidienne à gare du Nord

시차에 적응하지 못한 우리는 새벽 4시가 되면 약속이라도 한 듯 저절로 눈을 떴고 파리의 와이파이로 고국의 인터넷에 접속해 불과 하루 전까지만 해도 대수롭지 않게 여기던 사소한 가십과 이슈를 그리워했다. 다시 잠들지 못한 채 뜬눈으로 새벽을 지새우며 파리를 덮은 잿빛 만사드 지붕 너머로 떠오르는 아침의 태양과 조우하던 나날. 거리 위로 적당한 백색소음이 퍼지기만을 기다리던 우리는 날이 밝으면 그대로 자리에서 일어나 옷가지를 챙겨 입고 거리로 나섰다. 오전 7시가 채 되지 않은 시간.

거리 위로 청소 트럭의 경적 소리가 울려 퍼지고 있었다. 청소부들은 집집이 쌓인 쓰레기를 수거하기 위해 일사분란하게 움직였다. 도로는 출근길 러시에 걸려들기 전에 서둘러 도심을 빠져나가는 차로 가득했다. 그 틈으로 도로를 자유자재로 누비는 자전거는 자동차와 행인 사이에서 유연하게 흐르며 도시의 풍경을 가로지른다. 도처에서 풍기는 담배 연기는 하룻밤 사이 익숙해진 듯했다. 11월이 시작되는 첫날, 파리에서 맞은 아침 속엔 서늘한 공기 중으로 시원한 담배 향기가 감돌았다.

번잡한 코너를 돌아 인적이 드문 외곽으로 빠져나오자 지난밤 어둠 속에 파묻힌 풍경이 잠에서 깨어나고 있었다. 우리는 길을 걷다 문득 마주한 평온함에 우연히 이끌렸다. 노트르담 대성당도 아닌, 그저 작은 교회였다. 이오니아 양식의 우아한 석조 기둥과 로마숫자가 각인된 쌍둥이 시계탑 사이로 네 개의 성상이 도시를 굽어보고 있었다. 파리의 다른 관광지처럼 유명세를 치르지 않았기에 번잡하지 않았으며 오히려 평화로웠다. 가파른 돌계단을 딛고 내부로 들어가자 오래된 프레스코화와 스테인드글라스가 고요히 이방인을 감싸 안았다. 곧 미사가 울려 퍼지고 성가대의 합창 소리가 영혼을 달래주었다. 세월의 풍파에 부식된 돌계단 사이로 취객과 노숙자가 안식을 취하는 풍경은 만인에게 평등한 안식이 깃들게 했다. 생 뱅상 드 폴 교회

*Saint-Vincent de Paul Catholic Church*는 길을 걷다 우연히 발견한 공공연한 비밀의 장소이자 내가 파리에서 처음으로 마주한 역사적 건축물이었다.

살며시 허기가 돌 즈음, 북역 인근 대로변에서 빵집을 발견했다. 어디를 가든 쉽사리 찾을 수 있는 것이 바로 파리의 빵집이다. 최고의 블랑제리를 찾기 위해 지도 앱을 켜보기도 했고, 리뷰를 찬찬히 살펴보기도 했다. 그러나 무작정 길 위에 올라 5분마다 빵집 쇼윈도 사이로 비친 밀도 높은 디스플레이를 보고 있자니 불현듯 갈피를 잃어버리고 말았다. 이제 막 도시에 발을 들인 우리가 파리에서 최고로 맛있는 빵을 먹겠다는 발상 자체가 코미디였다. 생각을 고쳐먹고 북역의 빵집을 배회하다 숙소와 가장 가까운 블랑제리로 돌아왔다. 쇼윈도에 가득 쌓여 있던 바게트와 샌드위치가 그사이 반 이상 사라지고 없었다. 더 지체하다가는 남은 빵조차 동날 것 같았다. 우리는 서둘러 가게 안으로 들어갔다. 이방인의 등장에 점원은 살짝 경계 어린 눈빛을 보낸다. 손짓과 미소를 동원해 샌드위치 세 개를 고르고 포장을 마무리 짓자 점원의 경계가 서서히 누그러진다. 유로 화폐에 익숙하지 않은 나는 손바닥에 동전 꾸러미를 올려놓고 점원에게 내민다. 그녀는 능숙하게 동전을 고른다. 경쾌하게 울려 퍼지는 그녀의 유창한 프랑스어가 귓가에 맴돈다. "Au Revoir!"

'블랑제리boulangerie'가 빵집을 통칭하는 말이라면, '파티셰리pâtisserie'는 디저 트류를 주로 취급한다는 뜻이다. 샌드위치를 전문으로 하는 곳은 '샌드위치 셰리'라 부른다. 명사 뒤에 '-erie'가 접미사로 붙으면 상점을 의미하는 것 같 다는 어림짐작으로 낯선 도시와 차차 동화되어 간다.

처음 들렀던 빵집이 샌드위치 셰리였다면, 다음으로 들른 빵집은 디저트 류를 주로 취급하는 곳이었다. 파티셰리라고 직관적인 간판을 내걸기보다 〈Mr. Fernando〉라 쓰인 개성 넘치는 폰트로 세련된 분위기를 풍겼다. 온통 흰색으로 벽을 마감한 실내로 들어서자 달콤한 향기가 농밀하게 코 끝을 감싼다. 살구 하나를 두 쪽으로 나눠 파이 반죽에 올려 구운 오라네, 상큼한 레 몬타르트, 블루베리콩포트와 크림치즈타 르트, 멋 부리지 않은 프렌치토스트와 바 게트, 크루아상까지, 집게를 집은 손놀림이 분주하다. 남편이 제동을 걸지 않았더라면 파 리에 머무는 내내 빵을 먹어 치우느라 곤욕을 치렀 을 것이다.

장바구니를 두둑하게 채우고 숙소로 돌아가는 길 위에서 여명이 밝아오 는 파리의 아침과 조우한다. 오스만 양식의 건물이 직선으로 늘어선 골목 끝엔 교회 지붕 위로 우뚝 선 성상이 찬란한 아침의 빛을 머금고 살아 움직 이려 한다. 하늘은 곧 청명한 푸른빛에 휩싸인다. 이제 막 고개를 들이민 태 양은 수줍은 직사광을 어설프게 내뿜는다. 술에서 완전히 깨어나지 않은 희 미한 붉은빛이다. 중천으로 향해 무자비한 빛을 퍼붓기 전, 북역의 순간을 '인상'하는 빛이다. 쉴 새 없이 파리의 상공을 가르는 비행운은 마치 여행자

La vie quotidienne à gare du Nord
북역의 일상

의 꼬리표와 같다. 낯선 도시에서 익숙한 일상을 영위해 갈 즈음, 하늘에 새 겨진 비행운이 여행자의 신분을 시시때때로 일깨우니 파리에 머무르는 동안 시차에 적응하지 못한 건, 어쩌면 다행일지도 모른다. 절로 눈이 떠진 새 벽부터 온종일 여행지를 누빌 수 있으니 말이다.

길 위의 짧은 여행을 마치고, 숙소로 돌아간다. 블랑제리에서 공수해 온 '파리의 맛'을 식탁 위에 펼치고 비로소 하루를 일깨운다. 2층 투어 버스 탑승 시간이 임박해 오고 있나. 먹다 남은 샌드위지를 다시 종이에 둘둘 말아 백팩에 대충 끼워 넣는다.

여긴 빵과 디저트, 자전거와 길 담배의 천국, 이방인조차 뒷골목을 배회 하다 아름다운 안식처를 만나고, 낯선 이조차 평온함 속으로 뒤섞이는 그런 곳. 우리는 북역에 머무르는 중이다.

Les maîtres de Paris

파리 여행 1일 차. 우리는 북역 앞에 위치한 투어 버스 플랫폼에서 버스를 기다렸다. 저마다 충직한 일상을 살아가고 있는 파리지앵이 무심하며 빠른 발걸음으로 스쳐 갈 뿐, 어딘가 어색하며 들떠 보이는 관광객 무리는 눈에 들어오지 않았다. 우리가 탑승할 투어 버스는 'BIG BUS PARIS'. 삼색기 배색으로 휘감은 타사의 투어 버스 여러 대가 행복한 관광객을 가득 싣고 광장을 향하고 있었다. 예정된 시간이 지나도 빅 버스가 모습을 드러내지 않자 초조함이 몰려왔다. 애조에 방금 지나간 'OPEN TOUR'사를 선택해야 했나? 탑승 시간이 겨우 5분 지체되었을 뿐인데, 애타는 마음은 망상의 구렁텅이로 빠져든다. 아무래도 다른 정류장을 찾아보는 게 좋겠다고 남편에게 말을 건네는 순간, 버스가 플랫폼에 안착했다. 북역은 'BIG BUS PARIS'의 푸른 노선인 몽마르트르 루트가 시작되는 곳이다.

명당은 2층 가운데 위치한 좌석이다. 계단으로 연결된 탑승구와 가까워 목적지마다 쉽게 오르내릴 수 있으며, 평소 눈높이로만 바라보던 지상을 내려다볼 수 있기 때문이다. 관성에 굳어진 시선이 확장됨을 경험할 수 있다. 하루 중 관광객이 가장 붐비는 시간은 나른한 오후 2시 무렵. 루브르나 에펠탑 같은 관광 명소에서는 투어 버스가 만석이 되곤 하는데, 좋은 자리를 차지하기 위한 경쟁이 나름 치열하다. 이른 아침부터 텅 빈 버스를 탄 것은 행운이었고, 박물관이 문을 닫는 월요일과 화요일을 투어 일정으로 잡은 것도 뜻밖의 운이 따른 터였다. 우리는 이번 여행에서 박물관 방문을 과감히 제외했기 때문이다.

버스는 우리가 머무르고 있는 숙소를 지나 아침 산책길에 마주한 아름다운 생 뱅상드 폴 교회와 이름 모를 개선문을 스쳐 광장으로 향했다. 가이드북을 신청하지 않은 탓에 그저 흐르는 풍경을 따라 오스만의 파리를 눈으로 그려가고 있었다. 나중에 알게 된 사실이지만 에투알 개선문*Arc de Triomphe*의

미니어처쯤으로 여겼던 구조물은 생드니 개선문*Porte Saint-Denis*으로 무려 루이 14세 왕정 시기 축조된 파리에서 가장 오래된 개선문이었다. 파리는 늘 이런 식으로 내게 다가왔다. 거리 한가운데 아무런 예고 없이 거대한 뿌리가 불쑥 튀어나온다. 어쨌건, 오늘은 역사의 흔적을 두 눈에 담는 날이다. 이방인의 신분으로 한 마을에 들어섰으면 당산목에 눈도장을 찍는 것이 당연한 일. 파리에 왔으니 파리의 터줏대감들과 대면식을 치러야 할 것이다.

곧이어 정차한 곳은 오페라 가르니에*Palais Garnier*. 파리에 머무르며 스쳐간 곳을 서울의 특정 장소와 짝짓는 습관이 생겼는데, 시내 중심가에 위치한 오페라 가르니에는 광화문 거리 한가운데 있는 세종문화회관 같았다. 푸른 하늘을 향해 손짓하는 황금빛 천사의 날개 너머 오페라의 유령이 토해낸 미성美聲이 귓가에 맴도는 듯했다. 리뉴얼 공사로 내부 진입이 통제되었지만, 먼발치에서 바라본 것만으로도 웅장하며 섬세한 아우라에 압도당하고 말았다. 정해진 루트를 따라 움직이는 버스 투어를 그저 클리셰라 여겨왔건만, 이런 진부함이라면 나에게 주어진 3일 내내, 아니 석 달은 돌고 돌아도 질리지 않을 것 같았다.

황금빛 천사의 숨결을 뒤로 버스는 인근 루브르*Louvre*에 도착했다. 시간은 정오 무렵이 되었고, 우리는 이곳에 내려 숙소에서 포장해 온 샌드위치를 꺼내 먹기로 했다. 정문으로 들어서자, 루브르 박물관에 입장하기 위해 길게 늘어선 군중이 그 어떤 역사적 조형물과 건축물보다 시선을 사로잡았다. 웅장한 루브르궁과 반짝이는 유리 피라미드 그리고 군중의 삼위일체가 펼쳐진 풍경에서 우리는 한발 비켜선 채 샌드위치를 먹었다. 박물관 관람을 과감히 포기했지만, 왠지 아쉬움이 남는 건 사실이었다. 줄지어 선 군중들은 곧 눈 속에 「모나리자」를 담아 올 것이 아닌가. 광장 한가운데서 샌드위치를 꺼내 배를 채우는 동안 우리는 파리를 찾은 관광객을 관광하고 있었다.

센강의 물결이 눈가에서 반짝이
기 시작했고, 버스는 시테섬을
돌아 노트르담 대성당을 지
났다. 순간 초록색 간판의
〈셰익스피어 앤 컴퍼니 서
점〉이 시야에 들어왔다.
당장 버스에서 뛰어내려 시
테섬을 유랑하고도 싶었지만,
오늘 하루만큼은 정해진 루트를 돌
며 파리와 거리를 두고서 가까워지기로 한다.

오후의 나른함이 밀려올 즈음 우리는 버스에서 내려 시내 중심가를 돌아
다녔다. 거리 위에 펼쳐진 노천카페를 지날 때마다 자리를 잡고 책을 펴고
서 담배라도 하나 물어야 할 듯한 분위기에 빠져드는 건 시간문제였다. 무
턱대고 걷자니 또다시 슬며시 허기가 밀려온다. 먹다 남은 빵과 샌드위치를
가방에서 꾸깃꾸깃 꺼내 허기를 달랜다. 포장지에 대충 휘감은 바게트를 왼
손에 들고 발걸음을 재촉하며 무심하게 빵을 뜯어 먹는 파리지앵을 심심찮
게 봐온 터다. 그러자 도시와 한층 가까워진 듯했다.

석양이 질 무렵 문 닫힌 오르세 미술관*Musée d'Orsay*을 지나 에투알 개선문
에 진입했다. 퇴근길 러시아워와 관광객들로 포위된 개선문은 네 개의 기둥
에 새겨진 영웅들을 당장이라도 소생시킬 것만 같은 위용을 발산했다. 단단
한 화강암에 박제된 부조를 뚫고 개선문 아래로 튀어나올 듯한 나폴레옹이
전쟁의 여신 벨로나의 비호 아래 프랑스 제국의 찬란한 승리를 영원토록 부
르짖는 환청이 들렸다.

버스 투어는 곧 에펠탑*Tour Eiffel*에 도착했다. 해 질 무렵 산란 빛이 넓게 퍼

저 어둠과 빛의 경계가 환상적으로 내려앉은 배경을 내심 기대했지만, 청명한 푸른빛이던 하늘엔 하현달이 에펠탑 꼭대기를 향해 미끄러지듯 기어오르고 있었다. 19세기 후반, 파리 박람회를 기념하기 위해 마르스 광장에 우뚝 솟은 철제 구조물을 평생토록 혐오한 소설가 기 드 모파상 _Guy de Maupassant_ 의 '좋은 시대'는 이제 흔적조차 사유할 수 없다. 에펠탑을 증오한 시대의 향수조차 그리워지는 초저녁이었다. 우리는 21세기식으로 여느 관광객을 따라 에펠탑이 가장 잘 보이는 곳을 점해 기념사진을 찍었다. 에펠탑을 감싼 인공조명이 서서히 점등되어 가는 중이었다.

밤이 내리고, 어둠에 잠긴 도시는 이내 빛으로 되살아난다. 버스의 속도에 맞춰 흐르는 야경 속으로 간헐적으로 나타나는 오벨리스크며 역사적 조형물과 건축물이 어둠을 뚫고 소생한다. 어둠은 번잡한 도시의 풍경을 땅거미 아래로 잠재우고, 파리의 터줏대감들은 인공조명이 드리운 빛과 그림자 사이에서 미소소 깨어난다. 한낮의 직선적인 빛에 가려 평면적으로 보이던 석조 건물들이 어둠 속에서 오히려 입체적으로 되살아난다. 조명에 반사된 조각상 뒤로 길게 드리운 그림자 끝으로 긴 잠

에서 깨어난 정령들의 하품 소리가 들린다. 마침내 파리의 터줏대감과 마주했다. 우리는 이방인의 경계를 한 발짝 넘어선다.

서늘한 바람에 옷깃을 여몄지만, 그리 춥지는 않았다. 대낮의 열기가 완전히 식지 않아

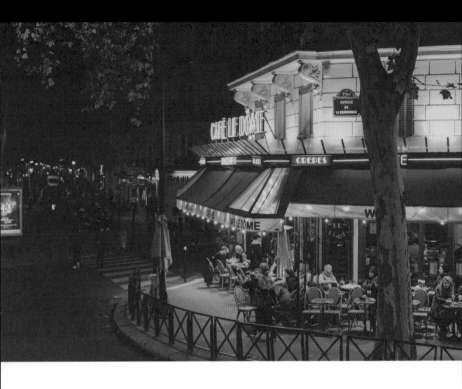

Les maîtres de Paris
파리의 터줏대감들

이따금 미풍이 스치는 가을밤이었다. 인공 빛으로 환한 도시에서 우리는 방향 감각을 잃은 채 투어 버스에 몸을 맡겼다. 버스가 어디로 향하는지 더는 관심을 기울이지 않았다. 앞 좌석에 자리를 점한 관광객 무리의 한 중년 여성이 목청을 높여 노래를 부르기 시작한다. 이내 남은 사람들이 노래를 따라 부른다. 우리는 지금 어둠이 내린 빛의 도시 파리를 가로지르는 중이다. 귓가엔 생생한 아리아가 울려 퍼진다.

Dîner
à Paris

시장에 나가는 일은 언제나 설렌다. 인간과 물
건, 시간과 공간이 유기적으로 결합되어 있
는 영화 세트장, 혹은 연극 무대 같아서
일까. 그것이 조금은 더 섬세한 미장센
이라면 관객으로서 기쁜 마음이 드는
건 당연한 일. 이번엔 무대의 공간이 멀
리 떨어졌다. 대신 곳곳에 배치된 요소가
낯설고도 아름답다.

'아케이드 프로젝트'의 도시답게 파리의 소비문
화는 일상과 바짝 맞물려 있다. 20세기 초반, 도시 곳곳을 먹어 삼키던 아
케이드 지붕 아래 '자본주의의 맨얼굴'을 사유하던 철학자 발터 벤야민*Walter
Benjamin*의 소외는 그저 과거형일까? 어색한 듯 조화롭게 진열된 기성품 너머
상점 주인의 애틋한 마음이 전해오는 건 단지 내가 이방인이었던 탓일까?

숙소 앞 아케이드형 시장에서 가장 먼저 눈에 들어온 곳은 꽃 가게였다.
꽃집 주인의 마음이 오롯이 담긴 아름다운 꽃다발을 먼발치에 두고 단지 눈
으로 음미할 수밖에 없었던 이유는, 이틀 뒤 정든 아파트를 떠나 숙소를 옮
겨야 하기 때문이다. 언젠가 다시 파리에 발길이 닿는다면 가장 먼저 눈에
띄는 꽃집에 들어가 꽃다발을 살 것이다. 그리고 침실 머리맡에 모양이 흐
드러지도록 화병에 아무렇게나 꽂아두고 낯선 일상을 이어나갈 것이다.

생선 코너를 지나갈 땐 프렌치 퀴진 잡지에 나올 법한 흰살생선 요리를
머릿속으로 그려보기도 하고, 과일 가게 앞에선 제철을 맞아 진열대에 오
른 보석 같은 과일에 눈독을 들인다. 꼭 천혜향 같이 생긴 클레멘타인이 눈
길을 끈다. 크기도 모양도 제각각인 토마토는 다양한 품종별로 맛보기 위해
한 아름 쟁이고, 세잔의 화폭 속에 수도 없이 등장했을 사과와 서양배는 식

자재라기보다 피사체로써 장바구니에 담는다. 정육점 주인의 손끝에서 깨끗하게 다듬어진 닭 다리 살을 넣 놓고 바라보다 감탄사를 연발하는 건 우리의 몫이다. 치즈는 빵 그리고 와인과 더불어 프랑스인들에게 물과 공기 같은 존재다. 장이 파하기 전, 그날의 신선한 치즈를 헐값에 묶음으로 팔아 치우는 광경은 낯설기도 한 동시에 축복으로 다가온다.

장바구니가 제법 두둑해졌다. 파리에서 마주한 식재료 체감 물가는 서울에서라면 일상의 작은 사치를 위해 서너 번 고심 끝에 장바구니에 골라 담았을 기회비용을 무색하게 한다. 이 한 꾸러미에 드넓게 펼쳐진 초원의 비옥한 양분과 천혜의 자연이 담겨 있다. 이제는 아침마다 빵과 커피를 찾기 위해 거리를 헤맬 필요가 없을 것이다. 낯선 여행 속에 깃든 보통의 일상을 투영해 본다.

나에게 습관이 하나 있다면, 제철을 맞아 영근 과일을 그저 먹거리로 대하지 않는 것이다. 자연이 빚은 그 완벽한 형태의 피사체로 인식한다. 과일 주변에 깃든 분위기는 때로 살아 있는 정물화가 되며, 당면한 계절을 암시하는 지표가 된다. 대부분 먹어 없어지지만, 형태가 완벽하거나 오묘하게 아름다운 색채를 띤 과일은 마치 플라스틱 모형처럼 박제가 되어 계절의 뒤안길로 퇴장한다.

그 버릇은 파리에서도 유효했다. 오히려 더욱 환호했다고 할까. 식탁 귀퉁이에 방금 시장에서 사 온 서양배와 사과, 클레멘타인 그리고 토마토를 올려놓는다. 서양배는 사과와 배의 장점을 응축한 듯 은은하고 달콤한 향이 감돌며 식감은 젤라틴이 헛바닥에서 뭉개지듯 부드럽다. 한국의 토종 배와 사뭇 대조적이다. 이곳 사람들은 크고 아삭한 한국의 배를 별미로 여긴다고 한다. 귤과의 클레멘타인 껍질을 깐다. 영화「월터의 상상은 현실이 된다」의 모티프로 등장한 '클레멘타인케이크'의 바로 그 클레멘타인이다. 제주의 한라봉, 천혜향 따위의 품종과 맛과 향을 견줄 만하다.

Dîner à Paris
파리에서의 만찬

+ 카프레제

스낵 사이즈의 부라타 치즈와 크기가 얼추 비슷한 체리토마토 조합은 늘 머릿속에 그려오던 플레이팅이다. 방금 마르셰에서 골라 온 토마토에서 적赤의 완벽한 채도를 엿본다. 껍질을 벗겨내기 위해 뜨거운 물에 토마토를 데치자, 반투명한 겉껍질 사이를 뚫고 눅진한 새콤함이 터져 나온다. 무성하게 뻗어 나가는 토마토 덩굴의 아름다운 잔상이 밀려온다.

+ 루콜라를 곁들인 치즈 오믈렛

프랑스인들의 닭에 대한 애정은 남다르다. 물론, 달걀 또한 복숭아 황도의 빛깔을 연상케 하는 노른자가 유지하는 탄성이 감탄을 자아낸다. 특별한 레시피 없이, 아무 치즈나 조각내 계란과 함께 저어 약한 불로 달군 프라이팬에 익힌다. 한국의 상추만큼이나 헐값에 판매되는 루콜라는 올리브오일과 소금, 후추, 레몬즙으로 간단히 버무려 오믈렛과 곁들인다.

+ 파스타

프렌치 파스타는 면과 소스를 접시에 분리해서 담아낸다. 팬에서 소스와 면이 섞여 나오는 이탈리아 파스타와는 다른 모양새. 습관대로라면 면과 소스를 함께 볶았을 테지만, 파리에서의 만찬만큼은 어설픈 모양새로 프렌치 스타일을 흉내 내본다.

+ 육류

프랑스 전역으로 펼쳐진 트인 평야를 달리다 보면, 소, 말, 양 등의 가축이 초원에서 하릴없이 풀을 뜯고 있는 풍경에 시선을 빼앗기고 만다. 광야가 주는 선물이다. 가축들이 누비는 드넓은 영역만큼이나 다양하게 생산되는 치즈와 버터는 그야말로 자연이 빚어낸 축복이다.

프랑스인들이 소와 닭, 돼지 등의 육류를 일상적으로 즐기는 것은 우리와 닮았지만, 생산지에 따라 특화된 품종과 부위는 더욱 세분되어 있다. 부세리Boucherie는 소와 돼지, 닭, 양 등의 생고기를 판매하는 곳이고 샤퀴테리Charcuterie에서는 가공육과 저장품을 다루는 곳이다. 로티세리Rotisserie는 조리가 완료된 육류와 구운 야채를 취급한다.

아무리 작은 상점에 들른다고 할지라도 프랑스에서는 버터 하나를 고르는 데에도 골머리를 앓게 될 것이다. 그럴 땐 부닥쳐 보는 수밖에 없다. 아무렇게나 고른 저렴한 값의 버터였지만 우러나는 신선한 향과 풍미는 그 어떤 요리에 곁들여도 맛을 증폭시킨다.

+ 와인

길 위에서 땅을 매트리스로 여기고 하늘을 이불로 삼는 노숙인 곁에 굴러다
니던 빈 와인병을 심심치 않게 봐 온 터다. 물보다 와인을 일상적으로 여기
는 현지 분위기에 역설적이게도 와인에 대한 기대치가 증발했다. 하지만 내
추럴 와인이라면 얘기가 달라질 것이다. 앞서 열흘간 프랑스 전역을 돌며
내추럴 와인 메이커들의 삶을 엿본 남편의 이야기가 호기심을 자극시킨다.
발효가 진행 중인 막걸리, 톡 쏘는 동치미 국물 같다고 한다. 잦은 소화 불량
에 시달리는 내게 소화제가 될 것이란다. 이틀 뒤면 파리를 벗어나 부르고
뉴*Bourgogne*와 쥐라*Jura*의 내추럴 와인과 만난다. 만추에 갇힌 아름다운 풍경
과 함께 고대시대부터 이어저 내려온 천연 발효의 미학을 맛볼 것이다.

←〈〈〈 PARIS PHOTO, 그랑 팔레와 프티 팔레

파리에 도착한 첫날, 파리 사진 박람회 현수막이 도시 전체를 물들이고 있었다. 공항, 기차역, 지하철역, 버스 정류장, 택시 승강장, 센강과 번화한 대로변을 따라 'PARIS PHOTO'라는 캐치프레이즈가 전광판 속에서 빛나고 깃발에 휘날렸다. 만국 박람회가 개최되었던 20세기 초, 파리의 모습이 이러했을까? 예술의 도시답게 그 명성을 건재하기 위해 도시의 정령들이 일사불란하게 움직이고 있었다.

'사진 박람회'라는 키워드는 계획에도 없던 일이나. 우언치고는 절묘했다. 사진의 발상지 파리에서 멋진 전시를 관광하게 될 줄은 미처 예상하지 못했기 때문이다. 때마침 어빙 펜*Irving Penn*의 기획전이 열리는 중이다. 목적지는 번화가를 약간 벗어난 그랑 팔레*Grand Palais*.

관람 시간을 미리 지정해 표를 예매하고 줄을 선 뒤 차례로 입장하는 식이다. 내부 관람객 통제는 파리의 박물관에서 흔한 일이다. 우리 뒤에 서 있던 중년의 여인들은 다소 상기된 어조로 즐거운 대화를 이어가고 있었다. 말투와 차림새로 짐작건대 파리지앵은 아닌 듯 보였다. 아마 파리와 떨어진 지방에서 고국의 심장으로 가벼운 여행을 나선 프랑스인이었을 것이다. 파리는 자국민에게조차 설렘을 가득 안겨주는 도시다. 여전히 모든 것이 낯설기만 한 파리에서 문득 마음이 누그러진 까닭은 아마 그녀들이 풍겨온 아늑함 때문이었을 것이다.

어빙 펜은 명사들의 자연스러운 외면과 영혼이 깃든 내면을 동시에 포착한 초상 사진계의 거장이다. 패션 매거진 커버의 스타일 창시자이기도 하다. 그의 정체성은 파인 아트와 커머셜 포토그래피의 접합점에 있다. 상업 사진과 순수 예술의 경계에 걸쳐 있는 남편에게 어빙 펜은 늘 동경의 대상이었다. 남편은 파리에서 마주한 어빙 펜 전시에서 뒷전으로 물러난 영감의 불씨를 지필 수 있었다.

관람을 마치고 그랑 팔레를 빠져나온 시간이 오후 2시 무렵. 간식거리로 챙겨 온 샌드위치와 빵은 동이 났다. 그랑 팔레 인근엔 상가가 없다. 번화가로 이동하기엔 둘 다 지친 상황. 운을 따르기로 하고 길을 건넜다. 그랑 팔레와 마주한 프티 팔레*Petit Palais*가 손짓한다. 조깅복과 러닝화 차림의 파리지앵이 프티 팔레 석조 계단 아래 놓인 여신의 석상을 발판 삼아 근육을 이완하고 있다. 시간과 공간에 구애받지 않는 파리지앵의 느긋함에 감복하던 그 순간, 바로 옆에 놓인 입간판이 시야에 들어왔다. 프티 팔레 내부에 카페테리아가 있다는 사실을 알아챈 것이다.

프티 팔레는 시에서 운영하는 상설 전시관이다. 입장료는 무료이며 기획 전시는 내부에서 매표를 진행한다. 그랑 팔레가 웅장하며 위용 넘치는 석조전이라면, 프티 팔레는 섬세하며 유려한 아름다움을 뽐낸다.

카페테리아는 만원이다. 메뉴판에서 눈여겨본 파리지앵 샐러드는 준비한 물량이 이미 동났단다. 서울에서 그토록 줄 서기를 꺼리던 내가 30분 넘도록 북유럽에서 온 여행자들의 틈바구니에 끼어 기다릴 수 있었던 이유는 허기도 물론이지만 낯선 공기가 선사한 여유였다. 여행지에선 무엇을 하든 이토록 관대해진다. 메뉴판에 적힌 프랑스어를 영어식으로 대충 따라 읽는 나의 말을 알아듣지 못했음에도 성심껏 주문을 도와준 카페테리아 점원의

PARIS PHOTO, Grand Palais et Petit Palais
PARIS PHOTO, 그랑 팔레와 프티 팔레

멋쩍은 미소를 추억한다.

프티 팔레의 카페테리아는 실내와 정원을 품은 실외로 구분된다. 쾌적한 실내는 이미 꽉 찼다. 나는 애초 정원으로 둘러싸인 야외에서 식사를 즐기고 싶었다. 우리는 천사와 뮤즈가 교태를 부리고 있는 석조 기둥 사이 테이블에 자리를 잡았다. 하루에도 열두 번씩 변하는 파리의 날씨. 프티 팔레에 들어오기 전까지만 해도 하늘에 구름 한 점 없이 맑았는데, 어느새 짙은 구름이 드리웠다. 불현듯 멜랑콜리아가 엄습한다. 샤를 보들레르는 허름한 뒷골목을 배회하며 파리의 우울을 사유했건만, 화려하고도 사치스러운 궁전에서도 그 정서가 느껴지는 듯하다. 늦가을을 맞은 메마른 잎사귀와 앙상한 나뭇가지, 노르웨이 고양이의 풍성한 꼬리털처럼 만개한 그라실리무스와 팜파스그라스 따위의 갈대가 잿빛 바람에 일렁이고 있었다.

흰살생선을 얹은 중국식 퓨전 면 요리와 시저 샐러드, 햄버거에 맥주와 와인을 곁들인 식사를 마치자 프티 팔레의 공공 박물관이 눈에 들어온다. 사진 박람회의 부대 전시로 대형 인물 사진이 19세기의 초상화 사이에 놓여 있다. 과거 부르주아만이 향유할 수 있었던 초상화는 21세기 현대인의 자화상과 나란히 공간을 채운다. 파리는 정체되어 있지 않다. 일상과 예술, 과거와 현재가 공존하며 흘러간다. 파리의 예술적 자양분은 20세기 초 메트로폴리탄을 구축하는 구심점이 되었다. 세계 각지의 명사와 지성인, 예술가들은 파리를 앞다투어 찾았다. 찬란했던 과거의 명성이 다소 희석되어 버린 듯한 지금의 파리는 그저 한 시대를 풍미한 '박제가 된 천재'일지도 모른다. 그럼에도 불구하고 내가 마주한 파리는 여전히 영감의 원천으로 가득했다.

대형 박물관을 방문하지 못한 아쉬움은 어느덧 사라지고 퇴근 길 위로 쏟아지는 파리지앵 사이로 시가지를 거닌다. 나트륨등과 달빛이 일렁이는 거리는 밤의 정서로 물들어간다. 사람들은 하루를 마무리 지은 홀가분한 표

정으로 저마다 시간을 보내는 중이다. 압생트 한잔의 향기가 풍기는 백색
소음 사이로 문득 서글픔이 밀려왔다. 목요일 저녁이면 즐겨 보던 텔레비전
프로그램을 이곳에서 시청할 수 없기 때문이다. 일상의 흔적이 조금이라도
배어 있는 곳이 그립다. 지하의 세계로 연결된 구원자를 통해 서둘러 북역
으로 향한다.

Salon de la Photo

1980년부터 시작된 파리 사진 박람회는 2년에 한 번 열린다. 부대 행사
중 하나인 아트 페어 'PARIS PHOTO'는 박람회의 꽃이라 할 수 있다.
프랑스인의 사진에 대한 관심이 잘 드러나는 행사이다.

PARIS PHOTO, Grand Palais et Petit Palais
PARIS PHOTO, 그랑 팔레와 프티 팔레

Dernière nuit à la gare du Nord

←⫷ 파리 북역의 마지막 밤

프랑스 동부로 떠나기 하루 전, 에어비앤비로부터 메시지가 도착했다. 호스트의 실수로 숙소 예약이 중복된 것이다. 예정대로라면 쥐라에 머무는 동안 북역의 숙소에 짐을 놓고 아파트를 비워둘 생각이었다. 그리고 다시 파리로 돌아와 여행의 피날레를 장식할 계획이었다. 체크아웃이 앞당겨지자 우리는 짐 정리로 분주해졌다. 사흘간 머무를 숙소를 다시 찾아야 하는 부담감에 페이스트리 사이로 켜켜이 쌓여가던 달콤한 추억이 한순간 푹 꺼져버리기 직전이었다. 남편은 이틀분의 숙박비를 아끼는 것과 더불어 북역의 분위기와는 또 다른 파리의 모습을 경험할 수 있게 되었다며 나를 위로해 주었다.

호스트는 우리에게 다른 숙소를 소개해 주었다. 역시 오스만 양식의 아파트로 단점이라면 엘리베이터가 없는 3층이었으며, 렌탈 비가 두 배는 더 비쌌다. 오로지 파리의 심장인 2구 한가운데 있다는 장점 하나에 기대 흐트러진 중심을 다시 잡아야만 했다. 선택의 여지가 없었다. 우리는 호스트의 제안을 수락했고, 77인치 캐리어에 일상의 혼적을 치곡치곡 봉인한 채로 북역의 마지막 밤을 맞았다.

파리 북역이 있는 10구는 일상의 영역을 펼친 공간이었다. 해가 뜨면 숙소에서 아침을 먹고, 버스나 지하철을 타고 중심부로 나가 한참을 배회한 뒤, 해가 지면 다시 숙소로 돌아오는 루틴이었다. 단막극 같았던 북역의 일상도 이제 곧 막을 내린다. 하루가 이틀이 되고 이틀이 사흘째 되던 날, 그토록 짧았던 여행지의 일상이 중첩되어 내 기억 속으로 똬리를 틀려 한다. 우리는 북역에서의 마지막 밤을 추억하기 위해 나흘 전 이 구역에 최초로 발을 디뎠던 감각을 되짚어 길을 나섰다.

짙은 어둠이 내린 거리의 인파는 피로에 잠식되어 하루를 마무리하는 부류와 밤을 무대 삼아 하루를 곧 시작하려는 부류로 나뉘었다. 북역 인근엔 후자의 세계로 어색한 활기를 띠는 중이다. 온종일 파리 시내를 활보하느라

지친 우리는 익숙함에 이끌려 한 식당 앞에 멈춰 섰다. 매일 아침 빅버스를 기다리던 정류장 앞이었다. 전형적인 오스만 양식의 건물 외관에 부착된 간판 속 한자가 묘한 대조를 이루고 있었다. 〈珍寶酒樓진보주루, Jumbo de Paris〉, 산해진미와 술이 있는 누각이라는 뜻이다. 신고전주의 양식을 본뜬 아이보리빛 석조 장식과 검은색 철제 발코니는 레스토랑 간판을 밝히는 네온사인에 반사되어 붉고 푸른 빛을 머금고 있었다. 내부는 서울의 어느 중식당에서 볼 수 있을 법한 장식들로 가득했으나 중국풍을 단순히 흉내 낸 것이 아닌, 이민자의 생활 방식이 자연스럽게 밴 모습이었다.

식당은 격식을 갖추지 않고 가볍게 저녁 식사를 즐기러 나온 지역 거주민들로 붐볐다. 익숙하면서도 낯선 분위기에 약간의 안도감을 느끼며 자리에 앉자 중국인 점원이 메뉴판을 건넸다. 그녀는 우리가 프랑스어에 서툰 여행자임을 간파하고 짧은 영어 단어를 구사했다. 우리는 스프링롤과 볶음밥 그리고 깐풍기와 새우가 들어간 에그 누들을 주문했다. 스프링롤은 칠리소스와 싱그러운 애플 민트가 함께 곁들여졌고, 볶음밥은 상하이에서 맛본 듯한 탄력 있는 밥알이 알알이 살아 있었다. 깐풍기에 얹어 나온 소스는 과할 정도로 흘러내렸다. 고수 잎을 얹은 에그누들은 맑고 얼큰한 국물을 기대한 것과는 다르게 프렌치 어니언 수프가 떠오르는 진한 닭 육수였다. 전반적으로 소금 간이 과한 것을 제외하면 퍽 훌륭한 만찬이었다. 우리는 주방장이 소금을 뿌릴 때 양념통 뚜껑이 빠져 소금을 쏟아버린 것이 아니냐며 농담을 주고받는 여유까지 부렸다.

식사를 마치고 계산대로 다가서자 대형 어항이 눈길을 사로잡는다. 색바랜 플라스틱 수초 사이로 잉어가 유영한다. 도자기로 빚은 가짜 조가비 속엔 진주가 아닌 색색의 유리구슬이 담겨 있다. 역시 도자기로 빚은 가짜 개구리는 언제라도 잉어를 먹어 삼킬 듯 영원히 입을 벌리고 있을 것이다.

잉어 군락 속의 흑일점, 검은 베타는 물속에 물감을 풀어 놓은 것처럼 먹빛 지느러미를 흐느적거리며 가짜로 빚어진 세계 속을 군림한다. 유리로 된 어항 표면은 물때를 닦으며 생긴 상처투성이였는데, 어항 위에 설치된 인공조명에 반사되어 긁힌 자국이 유난히 돋보였다. 마치 그레인이 가득 낀 필름 영화 「중경삼림」을 실시간으로 관람하는 듯했다. 경찰 663이 식당 구석에 앉아 유려한 젓가락질로 재스민 라이스를 한 움큼 집어 올린다. 빨간 고무장갑을 낀 페이가 모형 비행기를 어항 속에 담근다. 우리는 그 비행기를 타고 플라스틱 수초밭을 지나 반짝이는 유리구슬 사이의 블랙홀을 통과해 오래된 흙냄새와 소나무 향이 풍기는 스위트 홈으로 안착한다. 서울의 한 골목길 끝자락에 놓인 내 집의 온기가 그리워질 무렵, 북역의 마지막 밤이 흘러가고 있었다.

Jumbo de Paris

37 Rue de Saint-Quentin, 75010 Paris

Vers l'est de la France, vers la Bourgogne

←〈〈〈 프랑스 동부, 부르고뉴를 향해

늦가을의 차가운 공기가 무겁게 내려앉은 새벽녘. 아파트는 아직 잠에서 깨지 않은 듯 고요했다. 마치 오랜 연인과 헤어지듯 정든 아파트를 떠났다. 이웃집 노부부와 미처 나누지 못한 작별 인사, 집주인이 곳곳에 숨겨둔 고양이 모래와 사료, 물기가 채 마르지 않은 타월과 접시, 아침 해가 밝으면 이웃집 창밖으로 예외 없이 울려 퍼지던 유러피안 댄스곡, 복도를 선회하던 마른 햇살. 모든 게 벌써 그립다.

파리 북역에서 지하철을 타고 리옹역으로 향한다. 행선지는 머스터드의 고장, 디종Dijon. 리옹역에서 출발하는 테제베로 약 2시간 거리다. 리옹역은 북역 못지않은 스케일감을 뽐내고 있었다. 이른 시간이었음에도 하루를 시작하는 인파에 압도당하는 건 순시간이었다. 빠르게 지나가는 사람들의 무관심한 미소들, 눈앞에서 삶이 파동 친다. 역사 내 스낵 숍 곳곳에서 갓 구워 나온 크루아상과 추출기에서 막 내린 진한 에스프레소 향기가 후각을 자극했다. 그대로 빵과 커피를 한 손에 들고 기차에 오르고 싶은 충동이 엄습했지만, 숙소를 떠나기 전 최후의 만찬으로 얼큰한 라면과 김치, 깍두기를 반찬으로 레토르트 쌀밥 한 그릇씩을 비운 뒤다.

고속 열차 차창 밖으로 동틀 무렵의 흐르는 풍경을 왼편에 두고 목적지의 방향성을 가늠해 본다. 프랑스 동부 부르고뉴의 샤슬라Chasselas를 거쳐 쥐라의 플리니Poligny에서 마무리되는 여정이다. 취재 일정은 이미 관심 밖이다. 나는 그 틈에서 낯선 이들의 생활 방식과 그들의 지속 가능한 일상성을 엿볼 것이다.

디종역에 도착해, 자동차 렌탈 숍에서 스틱

형 사륜구동 자동차를 빌려 고속도로로 진입한다. 달리고 달려도 광활한 대지는 사라지지 않는다. 속도감이 증가할수록 오히려 대지가 확장되어 온다. 고대 신화 속에 존재할 법한 이야기가 불쑥 튀어나온다. 굳어 있던 상상력이 유연하게 펼쳐지며 흙더미가 살아 움직이는 환상에 사로잡힌다. 언제부터 땅에 뿌리를 내렸는지 가늠할 수 없는 거대한 플라타너스 군락이 넘실댄다. 모네의 햇살, 르누아르의 나뭇잎, 고흐의 붓 터치가 흐른다.

파리가 낭만과 예술의 도시였다면, 교외를 벗어나 드넓게 펼쳐진 광야는 유럽의 젖줄이다. '신이 가장 기분 좋을 때 빚은 땅이 프랑스였다.'라는 우스갯말이 있는데, 전혀 과장된 표현이 아니다. 달리는 차를 잠시 갓길에 멈추고, 두 발을 촉촉하고 부드러운 땅에 딛음과 동시 그날의 공기가 빚어낸 바람의 감촉과 태양의 질감을 느껴본다면, 더불어 눈앞에 펼쳐진 그림 같은 풍광이 직시한 현실임을 깨닫는다면, 그 말의 의미가 와닿을지도 모르겠다. 지금 우리는 부르고뉴로 향하는 길이다.

Bourgogne, Beaune, Japonisme et Style Hippie

←⋘ 부르고뉴의 본, 자포니즘과 히피 스타일

프랑스 동부에 위치한 소도시 본Beaune. 본은 부르고뉴와인의 중심지라고 할 수 있다. 그토록 유명한 로마네 콩티의 원산지가 바로 본의 황금 언덕에 자리해 있다. 와인뿐 아니라 고대 로마부터 이어온 유구한 역사와 문화 유적을 간직한 곳이다. 좋은 술에 좋은 음식이 따르는 법, 시골의 정취로 가득한 한적한 마을에 파리의 핫 플레이스를 방불케 하는 레스토랑이 숨어 있다.

〈La Dilettante〉는 일본인 아내와 프랑스인 남편이 함께 운영하는 레스토랑이다. 유기농법으로 재배한 지역의 제철 식재료를 일본식으로 요리하며, 역시 지역에서 생산되는 내추럴 와인을 전문으로 취급하는 곳이다.

프랑스에서는 'BIO비오'라는 접두사가 붙은 신선한 유기농 제철 음식에 내추럴 와인을 곁들이는 식문화가 화두였다. 유기농법으로 재배한 제철 식재료의 신선한 맛을 살리기 위해 복잡하지 않은 조리법을 고수하며, 화학 보존제를 첨가하지 않고 자연의 방식대로 발효시키는 내추럴 와인을 함께 즐긴다. 그 맛의 조합은 단순하지만 신선하며 생기가 넘친다.

레스토랑을 방문한 당일 준비된 요리는 오늘의 샐러드와 양고기 소테였다. 뒤뜰에서 막 수확한 신선한 채소가 일본식 참기름에 뿌리째 버무려졌고, 양고기 소테는 일본식 간장에 감자와 무가 함께 졸여 나왔다. 일본 가정식인 '니쿠자가'가 떠오르는 모습이었다. 바게트와 함께 곁들인 샐러드는 동치미 향이 나는 와인과 잘 어울렸고, 담백한 양고기 소테는 마구간의 지푸라기 냄새가 감도는 와인과 훌륭한 조합을 선사했다.

레스토랑은 점심시간이 끝날 때까지 오고 가는 사람들로 북적였다. 진열대를 가득 메운 일본산 식료품과 내추럴 와인, 벽면에 붙은 온갖 포스터는 식사를 즐기는 동안 눈요기로 삼기에 충분했다. 그중 핑크 플로이드의 「Dark Side of the Moon」에 대한 오마주가 담긴 포스터가 시선을 끌었다. 원작의 프리즘 대신 와인잔을 그려 넣은 재치가 돋보였다. 삼라만상의 민낯

Bourgogne, Beaune, Japonisme et Style Hippie
부르고뉴의 본, 자포니즘과 히피 스타일

이 내추럴 와인 속으로 소용돌이친다. 내추럴 와인 메이커들의 예술적이며 자유분방한 삶의 철학이 레스토랑의 정체성과 맞닿은 듯했다.

한적한 소도시의 소박하면서도 아늑한 분위기 속에서 잠깐 시간이 멈춘 것 같았다. 신선하고 깨끗한 요리도 좋고, 청량한 내추럴 와인도 훌륭하다. 그들의 자연스러운 라이프 스타일은 말할 것도 없다. 그러나 무엇보다 내 마음을 사로잡은 건 차갑고 축축한 코끝을 내밀며 살갑게 다가온 고양이. 마을 어귀에서 마주친 이 작은 생명체는 무언의 표식으로 이방인의 방문을 기꺼이 환대해 주었다. 낯선 두려움으로 겉돌고 있던 마음이 고양이 코끝의 감촉만으로 한없이 풀어진 순간이었다.

La Dilettante

11 Rue du Faubourg Bretonnière, 21200 Beaune

Domaine
Philippe
Jambon
de
Chasselas

←——⫷ 샤슬라의 필리프 장봉

유쾌한 점심 식사의 추억이 깃든 본을 뒤로, 우리는 부르고뉴의 남쪽 끝으로 향했다. 방향 감각을 잃지 않기 위해 휴대폰의 데이터 로밍 서비스를 전방위로 활용했으나, 어느 순간 부질없음을 느끼고 지도 앱을 꺼버렸다. 그날의 햇살과 공기가 완벽했거나, 습하지도 건조하지도 않는 대기의 질감이 폐부를 가득 메워버렸거나, 이도 저도 아니라면 그저 자연스럽게 직시한 현재에 몸과 마음을 모두 내려놓았기 때문일 것이다.

우리는 곧 파도의 물결처럼 굽이진 포도밭 등성이 사이로 신입했다. 그곳엔 아득한 옛날부터 그 자리에 그대로 놓여 있는 것만 같은 어여쁜 돌집이 있었다. 무슈 필리프의 생활 터전과 양조장을 겸한 아름다운 공간이었다. 그는 공간감을 상실한 우리에게 샤슬라는 부르고뉴와 보졸레_Beaujolais_의 중간쯤 되는 지역이라며 다정하고도 친절하게 일러주었다. 한낱 지역명쯤은 이미 나의 관심 밖이었다. 나의 시선은 황혼의 시간 속에 젖어가는 한적한 마을의 풍취, 무심한 듯 정성스레 돌본 이름 모를 들풀과 저물어 가는 꽃, 필리프 부부의 사랑스러운 아이들이 재잘대는 소리, 녹이 슬고 부서진 농기구, 아이들이 어릴 적 갖고 놀던 빛바랜 장난감, 포도밭에서 캐어 올린 암모나이트, 깨어진 유리창으로 아무렇게나 덧댄 테이프 조각, 그리고 이 모든 것을 감싸고 있는 공감각에 머물렀다. 모든 게 제자리에 놓여 있으며 흐트러진 듯 정연했다. 작고 무심한 모든 사물에 정령이 깃들어 있는 것만 같았다.

필리프 장봉_Philippe Jambon_은 내추럴 와인 생산자다. 그의 와인은 특유의 훈연 향으로 미각을 자극한다. '장봉_Jambon_'은 프랑스어로 돼지 허벅다리 살로 만든 햄을 뜻하는데 그의 성이 바로 장봉이다. 귀여운 돼지 마크로 와인 라벨을 장식한 위트는 마치, 유럽의 전통 철학 사조를 제 소양인 양 갖춘 그의 정체성과 맞닿아 있었다. 오래도록 흙을 어루만지고 포도나무를 가꾸며 생긴 손바닥의 두터운 굳은살과 정직하게 닳은 뭉툭한 손톱 끝에서 지속 가능한 삶을 몸소 살아가고 있는 한 인간의 철학을 엿본다.

필리프의 부인은 자리를 비웠고, 의대를 다니는 첫째 아들은 학업을 위해 도시에 머무는 중이라고 했다. 집에는 필리프와 둘째 딸, 그리고 막내아들이 있었다. 부부의 귀엽고 사랑스러우며 어여쁜 아이들은 시골의 청순함과 순진함 그리고 깊이를 섣불리 가늠할 수 없는 천진한 매력을 풍겼다. 집 안에 손님이 방문하면 으레 부모가 자식들을 종용해 인사를 시키듯, 이곳에서도 마찬가지였다. 아버지의 호령에 한달음에 달려온 아이들은 그들의 전통 방식대로 양 볼을 서로 맞대는 프랑스식 인사를 건넸다. 그의 막내아들이 다가와 볼을 맞대자 얼떨결에 볼을 내어준 나는 보드라운 솜털로 뒤덮인 향긋한 풋복숭아가 두 뺨에 닿는 상상을 했다. 열 마디 말보다 단 한 번의 맞닿음으로 나누는 온기가 마음의 거리를 좁힌다.

11월 초순, 포도 수확은 이미 끝난 뒤다. 아름드리나무가 놓인 정원 한편에 아무렇게나 놓인 토마토 바구니를 보니 살며시 그의 텃밭이 궁금해진다. 수줍은 미소를 띠며 집 앞 돌담을 경계로 드리운 비밀의 정원으로 이방인을 안내하는 필리프. 쇠락한 포도 잎사귀와 무성하게 흐드러진 잡초 군락조차 아름답기만 하다. 간밤에 서리가 내려앉은 늦가을. 경작 철이 지났으므로 더는 돌보지 않고 가만히 내버려 둔다는 그의 텃밭은 오로지 자연 그대로만이 선사할 수 있는 황홀함으로 가득했다.

해가 뜨는 동녘을 향해 우뚝 선 해바라기 아래 귀여운 마리골드꽃들이 재잘대고 있다. 텃밭의 경계는 애초에 존재하지 않은 듯하고, 온갖 허브와

잎채소, 토마토 등이 서로를 범하지 않고 조화롭게 놓여 있다. 한여름 뜨거운 열기를 머금고 속을 채워나가던 토마토는 푸릇함을 간직한 채 생장을 멈췄다. 그 또한 이 아름다운 텃밭에서 자연스레 익어가거나, 땅에 떨어진 채 흙 속에 파묻혀 이듬해 소생을 기약할 것이다. 필리프는 볼품없이 말라가는 토마토 줄기에서 붉게 익은 토마토 한 개를 수줍게 떼어 낸다. 그 미소는 뜨거운 여름 속에서 풍요롭게 물들었을 아름다운 토마토밭을 상상케 한다. 이내 한입 베어 물어 잇자국이 드러난 토마토를 아무런 말없이 건넨다. 나는 그의 잇자국을 따라 그대로 한입 베어 문다. 그 맛은 공감각을 상실한 순간의 기억으로 영원히 박제되어 있다.

어느새 서산 언덕으로 해가 닿을 듯 내려와 있었다. 우리 부부는 약속이라도 한 듯 갑작스레 분주해진다. 태양이 완전히 자취를 감추기 전 이 고즈넉한 마을의 풍경을 조금이라도 눈에 담아야 하기 때문이다. 골목길로 나서자 이웃집 정원 사이에 몸을 반쯤 숨긴 귀여운 네 발과 마주쳤다. 고양이의 부드러운 촉감과 따스한 온기가 그리워지려 하던 때였다. 먼발치에서나마 감각의 금단현상을 누그러뜨린다. 곧이어 마을의 수호신과도 같은 교회가 모습을 드러냈다. 지붕 위 성상이 매직 아워에 기다랗게 늘어선 그림자를 땅끝으로 드리우며 이 세계의 빛나는 시간을 저편으로 인도한다. 공기 덩어리를 코에 파묻고 숨을 깊게 들이마신다. 포근한 촉감과 향기가 폐부에 전달되며 또 다른 세계가 펼쳐진다. 땅에 너부러진 포도 알갱이 하나를 주워 서서히 깨문다. 당도가 오를 대로 오른 포도의 달콤한 과즙이 아찔하게 혓바닥을 휘감으며 목을 타고 넘어간다. 질긴 포도 껍질 속에 응축된 당분은 태곳적 바닷속을 유영하던 암모나이트 화석과 맞닿아 있다. 잠시 눈을 감고 아무 곳도 아닌 곳을 꿈꾼다. 입술은 옅은 보랏빛으로 약간 물들어 있는 것 같기도 하다. 그날의 노을이 입술에 와 닿아 있었다.

Domaine Philippe Jambon de Chasselas
샤슬라의 필리프 장봉

Week-end à Arbois

아르부아의 주말

지도 앱을 켜고 다녀간 곳을 표시해 두었지만, 방향 감각이 쉽사리 잡히지 않는다. 그러니까 나는 파리로부터 약 400km 떨어진 동쪽에 와 있다. 달리는 차 안에서 바라본 풍경은 사방이 트인 평야 사이로 봉긋 솟은 언덕이 간헐적으로 나타나길 반복했다. 언덕 아래 완만한 경사로 펼쳐진 포도밭은 만추에 물든 샛노란 단풍으로 풍경에 입체감을 더했다. 그저 지나치기엔 못내 아쉬운 순간이 불쑥 나타나면, 갓길에 차를 세우고 사진을 찍었지만 나는 아직도 그곳이 어딘지 모른다. 중요한 사실은 공감각을 상실한 채로 계절의 절정에 머물렀다는 것이다.

저녁 식사를 위해 레스토랑을 찾았을 땐 대부분 만석이었다. 주말을 맞은 소도시 아르부아*Arbois*는 프랑스 내 현지인 관광객으로 북적였다. 아르부아는 켈트어 'ar'와 'bois'의 합성어로 '비옥한 토양'을 의미한다. 쥐라 지역을 대표하는 와인 생산지로 와인 애호가와 미식가들의 성지이다.

우리는 레스토랑에 사람이 빠지기만을 기다리며 어둠에 잠긴 아르부아를 배회했다. 오래된 나트륨등이 발하는 음침하고 불안정한 빛의 파동은 중세 시대에 머물러 있는 듯한 이 마을의 정서와 잘 어울렸다. 로마 유적을 연상케 하는 돌바닥 사이로 나란히 줄지어 선 고대 주택 단지를 지나 웅장한 고성에 당도했다. 굳게 닫힌 정문 오른편으로 '아르부아 와인 박물관'이라 쓰여 있었다. 지역 와인에 대한 이곳 사람들의 자부심이 응집된 공간이었다.

저녁 9시가 다 되어 겨우 자리가 난 레스토랑은 광장 중심가에서 10분 정도 떨어진 마을의 공용 우물 앞에 자리했다. 실내는 주말의 여유를 만끽하기 위해 근사한 옷을 갖춰 입고 만찬을 즐기러 나온 지역민들로 가득했다. 다들 정찬 코스 요리를 깨끗이 비우고 포만감에 취한 행복한 얼굴로 달콤한 디저트를 음미하고 있었다. 아르부아는 전통적인 와인 생산지답게 와인과 치즈를 요리 전방위에 활용했다. 화이트와인에 치즈를 녹인 걸쭉한 소스를 곁들

Week end à Arbois
아르부아의 주말

인 아르부아의 코코뱅이 그러했다. 샐러드와 수프, 메인 요리를 순식간에 비운 우리는 어느새 다른 테이블과 코스를 맞춰가고 있었다. 산딸기 콩포트를 곁들인 바닐라 아이스크림을 한 숟가락 가득 퍼 담아 입속에 넣자, 새벽부터 쉼 없이 달려온 하루의 피로가 달콤한 바닐라 향 속으로 녹아들었다.

이제 숙소로 돌아가는 일만 남았다. 한 치 앞도 보이지 않는 칠흑 같은 어둠을 달린다. 여전히 낯설고 아름다운 대지의 풍경이 호기심을 자극하지만, 밤이 모든 깃을 삼켜버렸다. 암흑을 뚫고 나온 희미한 실루엣은 울타리 너머의 소와 말, 양 등의 가축들뿐이다. 헤드라이트 불빛에 반사되어 야광으로 빛나는 그 무수한 눈동자들이 고요한 시골 마을을 밝히고 있었다.

밤을 달려 도착한 숙소엔 소박한 시골의 정취가 물씬 배어 있었다. 두 개의 침대가 나란히 놓인 트윈룸에 파리에서 끌고 온 캐리어를 풀고 먹다 남은 치즈와 빵 따위를 서둘러 냉장고에 넣었다. 숙소는 통나무 박공이 돋보이는 프랑스 전통 목조 가옥 형태를 띠었는데, 바닥엔 큼지막한 타일이 투박하게 깔려 있었다. 난방 시설이 따로 구비되어 있지 않았고, 미적지근한 온수로 샤워를 마치자 살짝 한기가 돌았다. 침대는 두 개였지만, 남편과 나는 서로의 온기로 체온을 유지하기 위해 한 침대 속을 파고들었다. 이렇다 할 가구가 구비되어 있지 않은 실내엔 「아를의 반 고흐 방」 왼편에 놓인 것과 꼭 닮은 낡은 밀짚 의자가 덩그러니 놓여 있었다.

어명이 밝자, 멋진 풍경을 만날지도 모른다는 기대감에 서둘러 잠자리에서 일어났다. 먹구름이 잔뜩 낀 하늘이 들판에 내려앉아 온통 잿빛으로 점령당한 뒤였다. 이내 빗발이 날렸다. 아침 산책을 단념하고 우리는 조식을 먹기 위해 숙소 1층의 레스토랑으로 향했다. 꽤나 이른 시간이었는지 레스토랑은 텅 비어 있었다. 리셉션에는 크루아상과 바게트, 잼과 꿀, 요거트와 시리얼 등이 뷔페식으로 차려져 있었다. 커피를 주문하면 넉넉한 인심의 호스트가 어색한 미소를 띠며 갓 추출한 라테와 에스프레소를 식탁까지 가져다 주었다. 그 사이 비가 그치더니 고요한 아침의 빛이 마치 얀 페르메이르_Jan Vermeer_의 유화처럼 엄숙한 일상을 비췄다. 우리는 아무 말 없이 고요한 순간을 음미했다. 간단한 식사였지만, 풍요로운 대지로부터 얻은 원재료의 신선함이 그대로 전해왔다. 차창 밖으로 끝없이 펼쳐진 밀밭, 들판 위로 풀을 뜯는 소 떼, 흐드러진 허브밭을 유영하는 꿀벌의 비행이 마을의 풍만함을 대변하고 있었다.

일주일 전, 서울을 떠나 빛과 어둠이 도사리는 아름답고도 더러운 도시 파리를 목도하고, 언제부터인가 공감각을 상실한 채 프랑스 시골의 허름한 숙소에 와 있다. 프랑스에선 길을 잃어도 괜찮다. 우연히 마주한 모든 것에 생의 기쁨과 아름다움이 가득 차 있으니.

아르부아 Arbois

프랑스 동부 부르고뉴 프랑슈콩테_Bourgogne-Franche-Comté_ 지역의 쥐라주에 속한 중세 주민 자치단체 코뮌_Commune_이다. 퀴상스강이 마을을 통과하는 이 마을에는 고대 주택이 늘어선 예쁜 거리가 있다.

La recette secrète de Poligny

←—⋘ 폴리니에서 맛본 훔치고 싶은 레시피

19세기 중반, 오스만 남작이 주도한 도시 구조 계획 사업으로 근현대적인 도시로 탈바꿈하기 전까지, 파리는 역사와 개개인의 일상이 무질서하게 중첩된 카오스 속의 모습이었을 것이다. 파리에 머무를 땐 1구부터 18구까지 구획된 시가지의 모습을 달팽이 모양으로 그리며 방향성을 느끼곤 했다. 그러나 프랑스의 여러 소도시를 방문하는 동안 방향의 감각이 흐트러져 버렸다. 행정 구역을 나누는 기준에 지리적 구역과 역사적 구역이 혼재되어 있었기 때문이나.

지금 머무르고 있는 지역은 중앙 정부가 최근 발표한 행정 구역 지침에 따르면 '부르고뉴 프랑슈콩테' 레지옹에 해당한다. 이렇게 이해하면 명쾌하지만, 실제로 목도한 소도시의 지역색은 역사적 구역의 정체성을 여전히 간직하고 있고, 이는 혼란만 가중시킬 뿐이었다. 이곳에서 만난 지역민은 오래된 지역명을 사용하는 데 익숙했으며, 그것에 자긍심을 드러내며 선호하는 듯했다. 일례로 프랑스에는 최하위 행정 구역을 지칭하는 '코뮌'이 있다. '공동생활을 함께 나누는 사람들의 작은 모임'이라는 뜻이다. 함께 모인다는 뜻의 라틴어 'communis'에서 비롯된 말이다. 코뮌은 자치권을 보장받은 자유도시 개념으로, 중세 유럽에서 발전한 제도였다. 지금은 이름만 남기고 사라졌지만 코뮌이 상징하는 '자유의 공기'는 도시에서 도시로 전파되었다. 프랑스 근현대사에 자주 언급되는 '파리 코뮌'의 뿌리가 바로 이 '코뮌'이다.

이토록 혼란스러운 지역명을 인지하기 위한 나름의 방편으로 나는 지리적 구역과 역사적 구역을 동시에 머릿속에 그려두었다. 프랑스 행정 구역 단위의 가장 큰 개념인 레지옹을 상정하고, 나머지는 흘러가는 대로 그때그때 이해하는 편이 나았다. 폴리니는 아르부아에서 남쪽으로 10km 정도 떨어진 소도시다. 쥐라 지역의 코뮌답게 드넓은 포도밭으로 둘러싸여 있으며 수많은 독립 와인 생산자와 협동조합이 존재한다. 폴리니는 콩테 치즈가 태

La recette secrète de Poligny
폴리니에서 맛본 훔치고 싶은 레시피

어난 곳이다. 콩테는 프랑스인이 가장 사랑하는 치즈로 농식품 품질 보장 제도인 AOC 등급을 획득했으며, 4개월에서 2년까지의 숙성 기간을 거친다.

폴리니의 중심가는 아르부아와 꼭 닮은 모습이었다. 돌바닥이 깔린 광장 한가운데 분수가 있고 광장을 둘러싼 중세 건물엔 관광객을 상대로 한 상점이 들어서 있었다. 우리는 한산한 〈Café du Centre〉로 들어갔다. 시골이라 하기엔 꽤 현대적이며 캐주얼한 인테리어가 돋보였다. 우리는 고민 없이 메뉴판에 나란히 적힌 오늘의 요리를 하나씩 골랐다. 풀사르 소스를 곁들인 모르토 소시지, 뱅존*Vin Jeune* 와인과 콩테 치즈 소스의 돼지 안심 요리, 그리고 모르비플레트라 일컬어지는 오직 이곳에서만 맛볼 수 있는 별미까지.

쥐라 지역의 특징적인 식문화는 와인과 치즈를 요리에 적극적으로 활용하는 것이다. 풀사르는 쥐라에서 생산되는 포도 품종으로 풀사르 품종의 와인을 졸여 만든 것이 바로 풀사르 소스이다. 모르토 소시지는 스위스 국경과 인접한 모르토*Morteau* 지역에서 생산되는 통통하고 속이 꽉 찬 훈제 소시지다. 미지근하게 데운 모르토 소시지가 풀사르 소스와 함께 나왔다. 단순한 조리법이지만, 소스의 향긋한 과일 향과 상큼한 목 넘김이 육즙 가득한 소시지와 완벽한 궁합을 선사했다. 콩테 치즈 소스의 돼지 안심 요리는 언젠가 반드시 흉내 내고 싶은 맛이었다. 쥐라의 명성을 세계적으로 알린 뱅존 와인에, 폴리니에서 탄생한 콩테 치즈를 녹여 소스를 만들다니. 뱅존 와인의 높은 당도와 풍부한 아로마가 오랜 숙성 기간을 거친 콩테 치즈의 중후한 풍미와 섞여 입속에서 걷잡을 수 없는 향연이 펼쳐졌다. 이 요리는 소스가 주인공이며, 담백한 돼지 안심은 소스를 위해 희생된 제물에 불과했다. 모르비플레트는 스위스와 근접한 모르비에Morbier 지역의 모르비에 치즈 요리이다. 스위스와 프랑스 국경의 프렌치 알프스 요리인 타르티플레트의 변형 요리인 셈이다. 감자와 양파, 라르동, 화이트와인이 들어가는 것은 동일하나, 모르비플레트에는 모르비에 치즈가 들어간다. 둥근 오븐 용기에 담겨 매우 뜨거운 채로 나오는데, 만년설 산악 지대와 인접한 프렌치 알프스 지역의 식문화가 오롯이 담긴 요리였다. 추운 겨울날 우리가 뜨거운 국물을 즐기듯, 이곳 사람들은 고칼로리의 치즈를 뜨겁게 녹여 속을 데우곤 한다.

콩테 치즈 소스에 감탄사를 연발하며 그릇을 깨끗이 비운 우리에게 레스토랑 점원은 맞은편에 위치한 상점을 일러주었다. 요리에 사용된 콩테 치즈가 바로 저곳에 있을 것이라며! BIO 마크를 단 식료품점은 시골의 정취가 전혀 느껴지지 않을 만큼 세련된 디스플레이와 실내 장식으로 시선을 사로잡았다. 벌꿀, 송로버섯, 소시지, 쥐라의 와인 등 지역 특산품이 질서 정연하게 놓여 있었다. 투명 유리로 들여다볼 수 있게 제작된 저장고에는 어림잡아 50kg은 거뜬히 넘어 보이는 콩테 치즈 덩어리가 숙성 기간별로 진열되어 있었다. 50g에 10유로로 남짓한 가격은 파리에서라면 2~3배는 비싸게 책정될 터였다. 우리는 7개월의 숙성 기간을 거친 콩테 치즈 250g을 구매했다. 이번 여행의 첫 기념품이었다. 서울로 돌아가 여행을 추억한다면 혀끝에서 되살아날 가장 프랑스적인 맛이었다.

Café du Centre

4 Place des Déportés, 39800 Poligny

Epicurea

5 Place des Déportés, 39800 Poligny

Retour à Paris, Châte-let-Halles

 다시 파리로, 샤틀레-레알

호스트의 실수로 숙소를 옮겨야 했던 우리는 프랑스 동부에 머무른 2박 3일 동안 이삿짐 한 트럭을 짊어지다시피 하며 77인치 캐리어를 끌고 다닐 수밖에 없었다. 디종역을 출발해 파리 리옹역에 도착한 시간은 오후 3시 남짓. 일주일 사이 가을은 절정에 비켜선 채 스러져 가고 있었다. 바짝 마른 플라타너스 낙엽이 건조한 바람결에 휘날리며 발밑으로 아스러졌다.

두 번째 숙소가 기다리는 곳은 파리 2구의 샤틀레-레알역 근방. 리옹역에서 지하철을 타고 두 정거장 거리다. 캐리어만 없었더라면 두 정거장쯤 도보로 거뜬히 걸어갔을 것이다. 영화 「비포 선셋」의 배경으로 잔잔히 흐르던 공중정원 프롬나드 플랑테*Coulee Verte Rene-Dumont*를 우연히 마주했을지도 모른다. 바스티유 광장을 한 바퀴 돌고, 마레 지구*Le Marais*를 관통해 파리의 최신 유행을 목도했을 것이다. 다시 파리를 찾게 되는 날엔 백팩 하나에 최소한의 짐만 꾸려 가벼운 발걸음으로 도시를 산책하는 여유가 깃들길 마음속으로 되뇌었다.

우리는 리옹역에서 지하철을 타고 샤틀레-레알역에 도착했다. 이곳은 여행자들이 기피해야 할 장소로 북역에 버금가는 명성을 지니고 있다. 파리 북역에 유럽 각지에서 거대한 인파가 몰려든다면 샤틀레-레알역은 한 번 들어가면 절대 빠져나올 수 없는 다이달로스의 미궁과도 같다. 지하철 역사와 지하 쇼핑몰이 연결된 내부는 구조적인 설계 결함으로 초행자들을 망연자실하게 한다. 다행스럽게도 공간 지각 능력이 탁월한 남편 덕에 미궁 속으로 빠지진 않았기에 기억 속에 단지 거대한 지하 세계로 남아 있다.

쇼핑몰과 연결된 에스컬레이터를 타고 지상으로 올라오자, 얼핏 보아도 유서 깊은 대성당이 한눈에 들어왔다. 바리케이드와 천막으로 가려진 채 보수 공사가 한창이었기에 역사 속으로 시간 여행을 떠나는 호사를 누리진 못했다. 생 외스타슈 성당*Église Saint-Eustache*은 13세기에 지어진 고딕 양식의 건축물로 프랑스에서 가장 큰 파이프 오르간이 있다. 모차르트 어머니의 장례식이 치러지는 등 내로라하는 음악가들의 숨결이 닿은 곳이기도 하다.

샤틀레-레알역은 역사의 뒤안길로 사라진 두 개의 공간을 기념하기 위해 명명되었다. 샤틀레*châtelet*는 센강을 따라 늘어선 중세 고성이다. 1802년 나폴레옹에 의해 철거되기 전까지 중세 파리의 구심점 역할을 수행했다. 레알*Les Halles*은 중세부터 비교적 최근까지 파리에서 가장 생기 넘치는 공간이었다. 파리의 심장과 맞닿은 레알에는 프랑스 전역에서 모인 농산물과 해산물, 육류와 향신료부터 온갖 잡화에 이르기까지 농부와 어부, 정육업자, 도매 중개인, 잡상인 등이 뒤섞여 있다. 혼잡스러움과 위생 문제로 도마 위에 오른 레알은 1870년, 건축가 빅토르 발타르*Victor Baltard*에 의해 유리와 철제 구조로 만든 파빌리온이 세워졌고, 파리의 세기말에 아케이드 풍경을 드리웠다. 산업 혁명과 인구 폭증으로 난장판이 되어버린 레알의 과도한 생생함에 영감을 얻은 에밀 졸라*Emile Zola*는 소설 『La Ventre de Paris』에 그 모습을 이렇게 표현했다.

"모든 것이 흘러넘치는 레알의 세계에는 오직 먹을 것과 아름다움, 부와 가난만이 존재할 뿐이다."

레알은 1969년 도시 정비 사업으로 도매 시장이 도심 밖으로 이동함에 따라 철거되었다. 이후 레알은 도시 재개발의 뜨거운 감자로 매번 떠올랐다. 지하철과 연계된 대형 쇼핑몰이 들어섰고, 아케이드가 철거된 뒤 생긴

French not French
파리와 소도시의 나날

160 ✳ 161

Retour à Paris, Châtelet les Halles

다시 파리로, 샤틀레-레알

공간에 미래지향적인 조형물이 놓였다. 때마침 우리가 방문한 그해, 수많은 역사가 중첩된 레알의 재개발 프로젝트가 완공되어 있었다. 18,000개의 유리 조각으로 만든 캐노피 지붕 아래로 레알의 신세계가 열리는 듯했다.

파리의 모든 것이 전통의 가치와 조화롭게 흘러가고 있을 것이라는 나의 환상은 레알에서 부서졌다. 파리에 도착한 지 일주일째 되는 날이었다. 어딘가 어수선해 보이는 광장 곳곳엔 현대 미술 영역에 궤를 나란히 할 법한 난해힌 조형물이 시신을 어지럽혔다. 심은 시 얼마 안 되어 보이는 앙상한 어린나무가 지지대에 의지해 듬성듬성 삐져나온 이파리를 생기 없이 펄럭이고 있었다. 파트리크 쥐스킨트*Patrick Suskind*의 소설 『향수』에서 어물전 여인이 생선 대가리를 손질하고 내장이 묻은 손으로 진흙탕에 앉아 아이를 받았던 그 장소가 분명 이곳 어딘가에 있다. 칼자국 가득한 나무 도마에 무쇠 칼을 내리꽂는 소리가 쩌렁쩌렁 울리고 하루살이가 끊임없이 주변을 맴돈다. 돼지 뒷다리와 다리가 묶인 채 날개를 파다이는 닭을 놓고 상인괴 흥정을 벌이는 날카로운 목소리가 하늘을 찌른다. 생선 비린내와 온갖 허브 향이 뒤섞인 공기 중으로 달콤함이 스친다. 밀가루 반죽을 기름에 튀겨 설탕에 묻힌 별것도 아닌 음식 하나에 불현듯 생의 의지가 샘솟는다.

2구에 머무른 사흘 동안 레알 주변을 산책하며 우리는 파리에서 가장 많은 소비를 했다. 구두와 가방, 차와 책, 찻잔과 디저트 접시, 커트러리와 주방용 가위 등을 샀다. 그건 아마도 레알이 지닌 거대한 공간성에서 비롯된 것이리라. 중고 서점에서 책을 고를 때 서점 주인은 우리 부부에게 관심을 보였다. '남쪽' 한국에서 여행을 왔다고 말하자 그는 환희에 찬 표정으로 한국 영화에 대한 애정을 거침없이 드러냈다. 박찬욱과 김지운 그리고 봉준호의 미장센을 찬미했다. 우리는 앙리 카르티에 브레송*Henri Cartier-Bresson*의 사진집과 스페인어로 쓰인 고양이 도감, 한 손에 들어오는 하드커버의 샐러드 요리책을 골랐다. 우리는 서점 주인이 칭송해 마지않는 영화감독들과 일면식도 없었지만, 이방인의 특권으로 마지막에 고른 작은 요리책 한 권을 선물로 받았다. 서점을 나와 숙소로 향하는 길목에서 지갑을 잃어버렸다는 사실을 알아챘다. 걸어온 길을 따라 되돌아갔을 때, 길 위에 덩그러니 놓인 지갑을 발견했다. 숙소로 돌아가 브레송의 사진집을 펼치자, 레알의 현장성을 포착한 1958년부터 1968년까지 흑백사진이 거짓말처럼 펼쳐졌다.

레알은 우리에게 행운의 상징이자 생생한 일상성을 일깨워 준 공간이었다. 비록 레알은 사라지고 없지만, 브레송의 흑백사진처럼 레알의 심장은 어딘가에서 영원히 요동치고 있을 것이다.

Appartement à Paris
2

2구에 도착한 시간은 오후 3시 무렵. 숙소에 가까워지자 이웃한 건물 1층의 피자 가게가 가장 먼저 눈에 들어왔다. 저녁 식사를 하기엔 이른 시간이었음에도 상점 앞으로 끝이 보이지 않는 긴 줄이 늘어섰기 때문이다. 그때까지만 해도 육중한 캐리어에 치여 별다른 관심을 보일 여유가 없었다. 우리는 곧장 숙소와 통하는 정문을 열고 나선형 계단을 올랐다. 엘리베이터 없이 30kg에 육박하는 캐리어를 3층까지 옮기는 일은 결코 쉽지 않았다. 그럼에도 기쁜히 짐을 들이 올릴 수 있었던 것은 19세기 건축물에서 파리 시앵이 지금까지도 일상을 영위하고 있다는 사실에 가슴이 뛰었기 때문이다.

파리 북역의 첫 숙소가 공동 주택의 공공성이 활성화된 곳이었다면, 이번 숙소는 도회적인 분위기가 감돌았다. 익명성과 타자성이 철저하게 분리된 외딴섬 같았다. 조금 더 과장을 보태면 온갖 무용담과 역사적 사건이 혼재하는 19세기 파리의 '벨 에포크belle époque'가 벽장 뒤에 숨어 있을 것만 같았다. 파리 중심부에 위치한 지리적 특색 또한 한몫하고 있었다. 조금만 걸어나가면 센강이, 에펠탑이, 루브르가 펼쳐졌으니까.

문을 열자, 금박으로 장식된 청동제 벽난로가 텅 빈 공간을 압도했다. 라디에이터 난방 시스템으로 교체한 이후 본래의 기능은 상실한 뒤였다. 타고 남은 재의 흔적이나 매캐한 냄새를 풍기는 직화의 열기는 역사 속으로 사라진 지 한참은 되어 보였다. 오직 파리의 영광과 번영을 상징하는 오브제로 남아 있는 듯했다.

내부는 생활의 흔적이 느껴지지 않았다. 화려한 패턴의 양탄자 위로 대리석 식탁과 로코코 양식의 의자가 홀 가운데 있고, 섬세한 조각으로 빚은 식기와 은촛대, 크리스털 유리잔이 빼곡히 쌓인 찬장이 벽면 하나를 가득 차지하고 있어야 할 공간에 소파 베드만이 초라하게 놓여 있었다. 촛농이 흘러내리는 샹들리에가 불안한 무게 중심으로 허공에 매달려 있어야 할 곳엔 IKEA에서 흔하게 볼 법한 펜던트 등이 교체되어 있었다. 벽체와 천장은 온통 흰 페인트칠이 되어 있었는데, 한 세기가 넘도록 켜켜이 쌓인 흔적으로 굴곡진 자국이 가득했다.

집의 원형을 가늠할 수 있는 요소는 유리창이었다. 오래전 수작업을 거쳐 공정이 이루어진 유리의 표면에 기포가 물방울처럼 맺힌 채 갇혀 있었다. 창으로 투과되는 빛은 칼로 재단된 매끈한 직선이 아니라 살아 움직이는 듯 일렁였다. 만일 빛의 형상을 감히 육안으로 파악할 수 있다면 파리를 떠나기 하루 전, 오후 4시 20분 서측으로 저무는 태양의 꼬리가 유리창을 투과해 침실 벽면을 비추던 모습일 테다.

오랜 세월 닳고 닳은 나무 바닥은 은하수처럼 반짝였다. 층고의 높이가 어림잡아 3m는 되어 보였다. 만약 파리에서 삶을 꾸려갈 기회가 주어진다면, 이 아파트를 스튜디오를 겸한 생활 공간으로 꾸며도 손색이 없겠다는 우스갯소리를 나누었다. 북역의 숙소가 일상생활에 최적화된 곳이었다면, 2구의 아파트는 도심형 오피스텔에 가까웠다. 베란다에 겨우 구겨 넣은 부엌은 아늑함과 거리가 멀었고, 머무는 동안 자연스레 외식을 하는 양상으로 이어졌다. 이틀 뒤면 파리를 떠나야 했으므로 도시의 구석구석을 활보하고 싶은 마음에 숙소에서 보낸 시간은 오직 잠을 청할 때뿐이었다. 순백의 캔버스로 남은 텅 빈 아파트는 서울로 돌아온 뒤, 한동안 파리에 대한 열병을 앓게 하는 요소로 머릿속을 어지럽혔다. 상상 속에서나마 가구를 채우고, 커튼과 조명을 달고, 오브제를 장식하며 아쉬움을 달랬다.

최초의 집주인은 누구였을까? 수많은 무용담과 역사적 사건을 품은 벨에포크 시대의 프티 부르주아가 아니었을까? 벽장 뒤에 그가 즐겨 마시던 부르고뉴와인이 잠들어 있지 않을까? 유난히 삐걱거리던 마룻바닥을 떼어내면 미처 봉인하지 못한 연애편지가 숨겨져 있지는 않았을까?

French not French
파리와 소도시의 나날

168×169

Un lundi tranquille, balade à Épernay

←≪ 한적한 월요일, 에페르네를 거닐며

이른 아침, 숙소 주변 산책길에서 사 온 빵과 디저트로 배를 채운 뒤, 곧 분주함에 휩싸였다. 기차 탑승 시간이 다가오고 있었기 때문이다. 지하철로 파리 동역까지 넉넉잡아 30분 거리. 이번엔 숙소 예약에 빚어진 혼선도, 파리를 벗어난 교외에서 사나흘간 머무를 일도 없다. 카메라와 단 렌즈 구성의 가벼운 장비와 생수 한 통이 담긴 단출한 백팩을 메고 반나절 만에 돌아오는 일정이다.

목적지는 샴페인의 고장 에페르네*Epernay*. 랭스*Reims*와 더불어 상파뉴*Champagne* 지역의 주요 거점 도시로, 파리 동역에서 기차로 1시간 거리다. 탑승 열차는 테르*TER*. 플랫폼에는 캐리어를 끈 여행객 서넛만이 탑승을 기다리는 중이다. 늘 인파로 북적이는 파리의 기차역 가운데 에페르네행 플랫폼은 철 지난 휴양지와 같은 인상을 남겼다. 늦가을 아침, 서늘한 공기에 새하얀 입김이 물안개 번지듯 입속으로 피어오르며 상쾌한 기분에 휩싸였다. 가방은 가볍고, 더불어 발걸음 또한 가볍다. 일탈의 자유와 일로써 작업이 절묘하게 뒤섞인 이번 여행의 과업 또한 8시간 뒤면 안녕을 고한다. 푸른 포도밭이 펼쳐진 샹파뉴아르덴*Champagne-Ardenne* 풍경의 전사지로 휘감은 열차가 철로에 곧 안착했다. 낙후된 현대식 건축물이 우후죽순 들어선 도시 외곽을 따라 열차는 에페르네로 향한다. 콘크리트 외벽을 타고 흐르는 풍경은 그래피티 아트 연작을 방불케 한다.

에페르네역은 전형적인 지역 소도시 관광지의 형태를 띠었다. 역사 내부에는 역무원이 교대로 근무를 보는 업무 창구와 편의 시설이 구비된 스낵 숍이, 홀 아래로는 등받이 의자가 나란히 줄지어 있었다. 역을 빠져나오면 승강장에 길게 늘어선 택시가 이 작은 도시를 찾은 방문객을 가장 먼저 반긴다. 여기서는 택시가 주요 교통수단이라는 이야기다. 인터뷰 촬영에 앞서, 우리에겐 서너 시간의 공백이 있었다. 하늘은 푸르렀고, 바람은 시원했다. 약간의 한기를 느꼈으나 정오를 향해 가는 태양의 복사열은 건조하고 따사로웠다. 우리는 늘 그래왔듯 정처 없이 에페르네 시내를 걷기로 했다.

도시는 정돈된 인상을 주었다. 악취와 오물에 물든 파리의 뒷골목과는 사뭇 다른 모습이었다. 거리는 깨끗했고 곳곳에 설치된 표지판과 구조물은 관광객의 편의를 위해 제 기능을 충실하게 수행하고 있었다. 도시를 배회할 틈도 없이, 우리는 표지판을 따라 곧장 샴페인의 거리*Avenue de Champagne*로 진입했다.

신고전주의 양식의 저택 사이로 오랜 전통을 간직한 샴페인 하우스가 관광객을 유혹한다. 한여름을 방불케 하는 뜨거운 볕 아래 덧없이 아름다운 낙엽이 샴페인의 기포처럼 반짝이는 아스팔트 도로 위로 흩날렸다. 이 우아한 거리 아래 100km가 넘는 지하 저장고에서 샴페인 속의 빅뱅이 지금 이 순간까지도 진행 중이다. 갓 태어난 신생 별부터 블랙홀이 곧 집어삼킬 늙은 별까지. 무진에 가면 안개 속을 걷고 벨기에 겐트*Gent*에 가면 들풀과 춤을 추어야 하듯 샹파뉴에서는 '별을 마셔야' 한다. 이곳은 바로 샴페인의 왕국이다. 우리는 세상에서 가장 비싼 길을 걷고 있었다.

샹파뉴 지역은 풍부한 유기물이 쌓인 고대 해양의 퇴적층으로, 새하얀 석회질 토양은 이곳 사람들에게 사치와 향락으로 휘감긴 기포와 더불어 막대한 부를 안겨다 주었다. 샹파뉴 지역은 포도 재배 북방 한계선에 놓여 있어 수확 시기가 늦을 수밖에 없다. 따라서 충분한 발효 과정 없이 와인의 병

입이 이루어졌고, 밀봉된 상태로 2차 발효가 진행되어 기압 차에 의해 와인병이 폭발하곤 했다. 발효의 원리를 파악하지 못했던 당시 사람들은 이를 '악마의 와인'이라 일컬었다. 17세기 무렵, 에페르네 북부 오빌레*Hautvillers*의 베네딕트회 수도사 피에르 페리뇽*Pierre Pérignon*은 이 '악마의 장난'을 '악마의 축복'으로 승화시켰다. 병입 시기를 통제하고, 압력에 견딜 수 있는 두꺼운 병을 사용하였으며 기름에 적신 코르크를 대마 끈으로 고정해 밀봉한 것이다. 샴페인의 왕국에서 샴페인의 아버지 '돔 페리뇽*Dom Pérignon*'이 탄생한 순간이었다.

길을 가던 우리는 펜스 너머의 청동상에 이끌려 한 샴페인 하우스를 방문했다. '모엣샹동*Moët & Chandon*'이었다. 사실 그보다 몸을 녹이고 싶었다. 햇살은 여전히 따사로웠지만, 서늘한 한기에 온몸이 움츠러들었기 때문이다. 피에르 페리뇽이 왼손에 샴페인병을 들고 오른손으로 손짓하며 인자한 미소로 우리를 반겼다. 출입구의 간단한 몸수색을 거쳐 실내로 진입하자 로비에 위치한 기념품점이 황금빛 조명과 장식 아래 빛나고 있었다. 저택을 개조한 내부는 다양한 용도로 활용되는 듯했다. 때마침 한 관광객 무리가 도슨트의 안내에 따라 이동 중이었다. 미온수에 손을 씻고, 히터가 나오는 실내 공간에서 몸을 녹인 우리는 서둘러 하우스를 빠져나왔다. 공간을 지배하는 정형화된 분위기에 어색함을 느낀 탓이다.

DOM PERIGNON
1638 - 1715
CELLERIER DE L'ABBAYE D'HAUTVILLERS
DONT LE CLOITRE ET LES GRANDS VIGNOBLES
SONT LA PROPRIETE DE LA MAISON
MOËT & CHANDON

나는 모엣샹동을 물 마시듯 들이키며 노동의 노곤함을 샴페인의 기포처럼 들끓는 허영심으로 표출한 적이 있었다. 「위대한 개츠비」의 연회장을 떠오르게 하는 레스토랑에서 시간제 아르바이트를 하던 시절이었다. 일이 끝나면 온종일 서서 음식을 나르고 와인을 따르느라 녹초가 되기 일쑤였다. 시간은 자정을 향했고, 나는 노동의 기쁨을 공유한 동료들과 모엣샹동을 마셨다. 철제 고정쇠를 왼쪽으로 돌려 벗겨내면 기름에 푹 젖어서 만질만질한 코르크가 병 내부 압력에 의해 솟아올랐다. 오른손으로 약간의 힘을 주어 코르크를 비틀자 우주가 열렸다. 김새는 소리와 함께 새하얀 연기가 입구에서 아지랑이처럼 피어올랐다. 그렇게 나는 별을 마셨다. 축축하게 젖은 발바닥과 이마에 맺힌 기름진 땀 사이로 별빛이 흘렀다. 입안에 맺힌 무수한 기포가 불꽃 터지듯 춤을 췄다. 샴페인 값은 내 하루치 임금을 거뜬히 넘었다. 나는 그 사실을 대수롭지 않게 여겼다. 기포의 향기는 노동의 가치에 충분히 상응했다. 그 뒤로 샴페인은 나의 노동주가 되었다. 땀 흘려 일하는 상황과 차츰 멀어지자, 나는 자연스레 샴페인을 잊었다. 나에게 샴페인은 축배가 아니다. 젊고 어리석으며 갈팡질팡하던 시절의 순수한 땀방울과 맞바꾼 음료이다. 사람들은 샴페인으로 욕망을 사유하지만, 나에겐 생의 대담함을 상기시켜 주는 묘주일 뿐이다.

샴페인의 거리 끝에 다다르자 로터리 중앙에 우뚝 솟은 비석이 시선을 잡아챘다. 2차세계대전 희생자 176명의 이름이 새겨진 기념비다. 반짝이는 기포로 뒤덮인 화려한 도시 이면에는 상흔의 역사가 숨겨져 있었다. 샹파뉴 지역은 유럽 북동부 인접 국가와 맞닿아 역사적으로 활발한 교역로가 되

는 한편, 분쟁이 일어나면 격전지가 되곤 하는 최전방 요새였다. 백년전쟁이 그러했고, 1차세계대전의 소용돌이가 에페르네를 덮쳤다. 고대 로마 시대까지 아우르는 유구한 역사를 지니고 있음에도, 현재 에페르네에 남아 있는 건물은 19세기와 20세기에 지어진 것이 대부분이다. 폐허가 된 도시는 재건을 통해 다시 태어났고, 그 역사는 지금도 진행 중이다.

거리 위엔 사람이 없고 길가의 상점은 웬일인지 문을 닫았다. 분명 월요일이 틀림없는데 마치 한적한 연휴의 마지막 날 같다. 이미 겟돈이 곧 닥칠 듯한 세기말의 우수가 에페르네를 지배하고 있다. 귓가엔 모리시Morrissey의 「Everyday Is Like Sunday」가 반복 재생되고 있다. 오로지 방황하는 젊은이들만이 시청 공터를 배회하며 무료한 도시의 공기를 담배 연기로 물들인다. 분수의 상승 곡선과 물가에 닿은 버드나무의 하강 곡선이 절묘하게 겹치는 잔잔한 호숫가 사이로 청둥오리는 몸단장에 여념 없고, 절정을 향해 고개를 치켜든 국화꽃 군락은 생의 아름다움을 흠뻑 소진하는 중이다. 팜파스그라스 솜털 사이로 넘실대는 은빛 물결에 무상한 잡념이 흐른다. 유난히 붉게 빛나던 어떤 꽃은 전쟁의 광기가 집어삼킨 영혼들을 기리는 듯했다. 1차세계대전 종전 기념일을 나흘 앞둔 11월 7일 월요일, 우리는 에페르네의 한가운데 있었다.

에페르네 시청은 1858년 개인의 저택으로 지어졌다가 1919년 도시에 양도되었다. 공공 건축의 효용성보다 건축주의 심미적 취향이 곳곳에 묻어나는 공간이다. 영국식으로 꾸며진 중앙 정원은 프랑스식 정원의 화려한 정취와 어우러져 환상적인 아름다움을 자아내고 있었다. 영국식 정원과 프랑스식 정원의 장점만을 뽑아 펼쳐놓은 듯했다. 사람의 손길이 닿지 않은 폐허의 아우라와 베테랑 정원사의 손끝에서 재단된 화려한 아름다움이 서로의 영역을 범하지 않고 어우러진 모습에 감탄사가 절로 나왔다. 수풀에 가린 좁은 오솔길을 따라 앙상한 나뭇가지로 뒤덮인 가제보가 모습을 드러낸다. 아칸서스잎으로 장식한 코린트 양식 기둥은 탄환의 흔적으로 상처투성이다. 가제보를 통한 조망은 이 아름다운 정원을 굽어볼 수 있는 하나의 창일텐데, 여태 아물지 않은 전쟁의 생채기가 고스란히 남아 섣불리 다가설 수가 없다. 시청 파사드 정면부에는 1차세계대전 기념비가 여신의 넉넉한 품 아래 잠들어 있었다.

테르 TER

프랑스 주요 도시와 중소 도시를 연결하는 지역 열차다.

프랑스 전역에서 쉽게 볼 수 있는 열차로 운행 횟수도, 차량 수도 많다.

Un lundi tranquille, balade à Épernay
한적한 월요일, 에페르네를 거닐며

Boutique
Hôtel
de
Jacques
Selosse

←—⋘ 자크 셀로스의 부티크 호텔

일탈과 작업이 절묘하게 뒤섞인 여행이었다. 그 뒤엔 프랑스 전역의 천혜의 환경 속에서 지속 가능한 공법으로 전통을 잇는 내추럴 와인 메이커들과 끊임없이 소통하며 그 이야기를 기록하는 'SALON-O'의 최영선 대표가 있다. 출장을 가장한 여행의 마지막 일정은 최영선 대표와 자크 셀로스Jacques Selosse의 샴페인 하우스 방문이었다. 〈Domaine Jacques Selosse〉는 1949년 창립된 샴페인 하우스로, 현재는 그의 아들 앙셀므 셀로스Anselme Selosse가 2대째 가업을 이어오고 있다.

약속 시간에 앞서 도착한 우리는 양조장 맞은편의 부티크 호텔을 둘러볼 수 있었다. 19세기 저택을 개조한 호텔은 인테리어 잡지를 그대로 옮겨놓은 듯한 콘셉트룸 객실과 미슐랭에서 인정한 레스토랑을 갖추고 있었다. 샴페인의 왕국답게 코르크 마개 모양 오브제가 곳곳에 돋보였다. 뒷마당으로 이어지는 정원은 확 트인 개방감을 선사했다. 푸른 잔디 위로 사뿐히 내려앉은 낙엽은 싱싱한 레몬처럼 반짝였다. 파라솔 아래 반짝이는 플라스틱 라운지 체어에 기대 반쯤 누운 채 새하얀 거품이 만개한 샴페인을 들이키며 하릴없이 시간을 보낼 수 있을 것만 같았다.

곧 인터뷰 시간이 임박했고 우리는 양조장으로 자리를 옮겼다. 선대부터 가업을 이어오고 있는 앙셀므 셀로스는 늘 그래왔듯 아들 기욤Guillaume과 작업장을 손보고 있었다. 앙셀므는 어딘가 굳은 표정이었고, 기욤은 이방인을 대하는 과장된 제스처를 전혀 드러내지 않았다. 샴페인이 가득 담긴 오크 통에 둘러싸인 카브cave에서 진행된 인터뷰는 1시간 가량 이어졌다. 여태껏 만나온 내추럴 와인 메이커들과는 사뭇 다른, 진지하고 엄숙한 그의 태도에 인터뷰 내내 경직된 분위기가 흘렀다. 저장고의 서늘하며 음습한 한기에 손과 발이 시릴 정도였다.

취재가 끝나자 우리는 에페르네역으로 돌아가기 위해 호텔 프런트 데스

Boutique Hôtel de Jacques Selosse

자크 셀로스의 부티크 호텔

크에 콜택시를 요청했다. 호텔 직원은 행선지를 물었고, 나는 자신 있게 "가레gare"라고 대답했다. 그는 내 말을 전혀 알아듣지 못했다. 겨우 눈치를 챈 직원은 능숙한 프랑스어로 나의 발음을 짧고 아름답게 되받아쳤다. "갸gare."

택시를 기다리는 동안, 앙셀므는 이제야 한결 마음이 놓였는지 옅은 미소를 띤 얼굴로 우리에게 포도나무가 그려진 소책자 한 권을 선물로 건넸다. 새하얀 석회질 토양 아래 포도나무 뿌리가 한없이 뻗어나가는 그림이었다. 미셸 톨머Michel Tolmer의 「백도白土 깊은 곳에서pusier dans les profondeurs de la crale」이다. 그림의 부제는 '와인의 빛La lumiere du vin'. 미셸은 파리 기반의 일러스트레이터로, 내추럴 와인 애호가이기도 하다. 앙셀므의 와인에 영감을 받은 미셸의 작업이 자크 셀로스 샴페인 하우스의 정체성을 대변하고 있었다.

프런트 데스크 뒷벽에는 추상 기법의 앙셀므의 초상화가 걸려 있었다. 나는 그에게 초상화와 같은 모습으로 그림 앞에 설 것을 제안했다. 앙셀므는 흔쾌히 두 팔을 벌려 포즈를 취했다. 소책자 속의 포도나무 그림처럼 있는 그대로의 아름다운 세계를 포용하는 듯했다. 앙셀므는 백토 위에 우뚝 선 충직한 한 그루의 포도나무 그 자체였다. 그로부터 두 해를 넘기고 최영선 대표의 『내추럴 와인 메이커스』 인터뷰집이 나온 뒤에야 나는 당시 다소 경직

되어 있던 앙셀므의 태도를 이해할 수 있었다. 그는 샴페인을 매개로 자신의 정체성을 표현하는 완벽주의자에 가까운 예술가였다.

택시가 도착하자, 우리는 서둘러 석회질 토양 위에 지어진 거품 왕국과 작별을 고했다. 호텔 앞에는 벤츠사의 엠블럼이 큼지막하게 새겨진 12인승 밴이 대기하고 있었다. 대형 택시는 오직 우리 둘만을 태워 대지 위로 펼쳐진 광활한 포도밭을 가로질렀다. 압이 가득 찬 샴페인병이 곧 폭발할 듯한 날쌘 속도감에 우리는 말없이 서로의 두 손을 꼭 잡았다. 어쩐 일인지 샹파뉴에 머무는 동안 단 한 모금의 샴페인도 마시지 않았다. 택시 기사의 짜릿한 드라이브로 인해 기분만은 샴페인 거품을 타고 두둥실 떠올랐다.

인터뷰 촬영을 마치고 다시 에페르네역으로 돌아왔을 땐 어둠이 제법 내려앉아 있었다. 기차에 몸을 싣고 간이역에 내린 시간은 오후 8시 무렵. 파리 동역으로 가는 환승 열차로 갈아타기 위해선 8시 40분까지 기다려야 한다. 지상 플랫폼엔 아무도 없다. 오직 희미하게 빛나는 가로등만이 약간의 안도감을 줄 뿐이다. 모든 것이 어둠의 세계 속으로 침잠하자 밤하늘엔 별이 빛나기 시작했다. 우리는 시간과 공간의 감각을 완전히 상실한 채 간이역 한가운데 덩그러니 놓인 의자에 앉아 몸을 맞대었다. 밤이슬이 내려앉은 늦가을의 한기는 서로 맞댄 체온 속으로 사그라들었다. 이름조차 기억하지 못하는 간이역에서 공감각을 잃어버린 그 기분이 나쁘지만은 않았다.

Boutique Hôtel de Jacques Selosse
자크 셀로스의 부티크 호텔

Les Avisés

아비제 호텔은 19세기에 지어진 샴페인 하우스를 개조한 공간이다. 앙셀므의 주도로 건축가 브뤼노*Bruno Borrione*의 복원을 거쳐 2011년 여름 문을 열었다. 신고전주의 양식을 살린 호텔 내부는 고전적인 우아함과 현대적인 감각이 조화를 이룬다. 아름다운 창을 통해 정원과 포도밭의 풍경이 빛나는 객실은 세련되고 편안한 분위기를 자아낸다. 셰프 스테판 로시용*Stephane Rossillon*의 지휘 아래 운영되는 레스토랑에서는 샹파뉴 지방의 다양한 샴페인과 함께 계절의 맛을 살린 제철 요리를 맛볼 수 있다.

Domaine Jacques Selosse

59 Rue de Cramant, 51190 Avize

Nouilles de riz vietnamiennes
et Pizza italienne

파리에서 여로에 지친 이방인의 영혼을 달래준 음식은 한식도 미슐랭 레스토랑도 아닌 베트남 쌀국수와 이탈리아 피자였다. 그 후, 유럽의 대도시에 머무를 때면 으레 지도 앱을 켜고 'pho'를 검색하는 것이 일종의 통과 의례가 되었으며, 길을 걷다 'Pizzeria'라는 간판을 보면 발걸음을 멈칫한다. 그건 2구에서 머물렀던 숙소가 파리에서 만난 최고의 쌀국수집과 파리에서 가장 붐비는 피자 가게 사이에 있었기 때문이다.

베트남 쌀국수는 유명세만큼 다양한 역사가 중첩된 음식이다. 기원에 관한 가설 중 하나는 베트남이 프랑스 치하에 있던 19세기 후반, 프랑스식 스튜 요리인 포토푀*pot-au-feu*와 베트남 전통 식재료인 쌀국수가 결합되었다는 것이다. 이후 베트남 전쟁을 거치며 쌀국수 요리가 베트남 전역으로 퍼졌고, 망명자들이 미국과 프랑스, 호주 등지로 이주하여 세상에 널리 알려졌다. 세계적인 명성을 지닌 이 음식은 유래에 관한 소유권 다툼으로 늘 의견이 분분하다. 프랑스 식민지 기원설, 베트남 고유설, 광동 지방 유래설 등 가정만이 존재할 뿐 정확한 연원은 불투명하다.

확실한 건 파리에서 맛본 쌀국수가 호찌민에서 먹었던 그것보다 훨씬 홀가분하게 목을 타고 넘어갔다는 사실이다. 그건 아마 장시간 고기와 뼈를 푹 고아낸 국물의 미학이 이 한 그릇 속에 오롯이 담겨 있었기 때문이다. 뜨끈하고 얼큰한 육수 한 그릇을 들이켜면 치즈와 햄, 바게트와 와인으로 물든 입맛이 중화되곤 했다. 고소한 육수 사이로 씹히는 붉은 고추 조각은 DNA 속에 흐르는 고유의 미각을 달래주었다. 사실 쌀국수의 맛은 세계 어디를 가나 비슷할 것이다. 마치 프랜차이즈 햄버거처럼. 다만 파리에서 고국의 음식과 근접한 맛을 발견했다는 뜻밖의 즐거움이 쌀국수 한 그릇 안에 담겨 있었다.

가게 안으로 들어섰을 땐 한 노인이 밀가루 흔적으로 뒤범벅이 된 앞치

마를 걸치고 뒤편 작업장에서 춘권을 가득 빚어 나오는 중이었다. 연령대로 짐작건대, 1세대 이민자로 보였다. 노인은 베트남어로 의사소통을 했다. 카운터를 보는 젊은 여성은 손녀인 듯했다. 점심시간이 시작되자 인근 오피스의 도시 노동자들이 파도치듯 가게 안으로 밀려왔다. 그녀는 능숙한 프랑스어로 파리지앵의 주문을 거침없이 소화해 냈다. 투명 유리 너머 쇼케이스에는 춘권과 닭튀김, 볶음밥과 창펀 등이 가득 쌓여 있었다. 카운터에서 주문을 하면 진열된 음식을 멜라민 접시와 허름한 포장 용기에 대충 눌러 담은 뒤 전자레인지에 데워져 나오는 식이었다.

이민자의 삶은 정체성과 타자성의 경계에 놓여 있다. 그럼에도 불구하고 그들을 이끄는 원천은 황량한 겨울날을 따스한 황금빛 햇살로 물들이는 '캘리포니아 드림', 허황되지만 순수한 꿈일 것이다.

파리를 떠나던 당일 아침, 우리는 쌀국수 가게를 다시 한번 찾았다. 전날 눈도장을 찍은 점원 대신, 프랑스와 베트남 혼혈의 한 남성이 자리를 지키고 있었다. 바쁜 점심 전의 한산함 탓이었는지는 몰라도 그는 우리에게 말을 걸어오는 여유를 보였다. 남자는 능숙한 영어로 파리에 대한 소회를 물었다. 우린 몇 시간 뒤면 파리를 떠나 서울로 돌아가지만, 언제고 다시 파리에 오게 되는 날엔 이곳을 꼭 방문하겠다고 대답했다. 그는 선물이라며 탄산음료를 건넸다. 식사를 마치고, 우리는 그를 향해 엄지를 치켜세우며 "Tres Tres Bon."을 연발했다. 남자는 쑥스러운 듯한 미소와 함께 우리의 말을 알아듣겠다는 듯 고개를 끄덕이며 세련된 발음의 프랑스어로 화답해 주었다. "Tres Bon."

파리에서의 마지막 만찬은 숙소 앞, 동네 피자 가게에서였다. 해가 어둑해지면 형형색색의 술병이 빈틈없이 진열된 쇼윈도 사이로 불이 들어왔다. 〈물랭 루주〉에 버금가는 화려한 인공조명 사이로 인파가 늘어선 진풍경이

매일 밤 펼쳐졌다. 우리는 기다랗게 이어진 줄 뒤로 몸을 포겠다. 기다림에 지친 한 여행객이 줄을 이탈해 경쾌한 악센트의 이탈리아 말로 허공을 향해 소리쳤다. 우리는 말뜻을 이해할 수 없었지만, 알아들은 몇몇은 의미심장한 미소와 함께 너털웃음을 지었다. 피자 가게 앞은 순식간에 길거리 공연장이 되었다. 아마 이런 뉘앙스가 아니었을까. "아니, 여기가 이탈리아도 아닌데, 도대체 얼마나 맛있는 피자를 팔길래 이렇게 줄이 길어!"

줄은 빠른 속도로 줄어들었고 우리는 곧 가게 안으로 입장할 수 있었다. 실내는 창밖의 모습과는 또 다른 양상을 띠고 있었다. 삼라만상을 한데 모아놓은 듯 온갖 사물과 인파로 빼곡한 밀도감이 느껴졌다. 파리에는 항상 파사드 뒤로 또 다른 세계가 기다리고 있었다. 우리는 피자 두 판과 파스타를 주문했다. 평소대로라면 둘이서 피자 한 판을 나누어 먹었겠지만, 이곳 사람들은 우리가 혼자서 국밥 한 그릇을 비우듯 피자 한 판을 한 끼로 거뜬히 먹는다. 화덕에서 갓 구워 나온 피자는 신선한 향기로 가득했다. 장작의 열기로 기름이 송골송골 맺힌 햄과 미끄러지듯 흘러내리는 치즈, 향긋한 허브와 버섯이 입안에서 춤을 췄다. 모비엘 구리 팬에 담긴 파스타는 그리 인상적인 맛은 아니었다. 훗날을 기약해 본다면, 서로 다른 종류의 피자 세 판을 주문할 것이다. 둘이서 피자 세 판을 먹는다고? 〈POPOLARE〉의 세계 속에서는 충분히 가능한 일이다.

파리에서의 마지막 밤이 못내 아쉬워 시간을 붙잡고 싶었다. 피자를 다 먹어 갈 즈음, 나는 「퓨처라마」의 마지막 에피소드를 떠올렸다. 10초 전의 세계로 시간을 되돌릴 수 있는 발명품의 버튼을 눌러 릴라가 청혼을 받아들일 때까지 버튼을 누르는 프라이. 결국 타임 패러독스에 걸린 우주는 걷잡을 수 없이 와해되고 발명품은 산산조각이 난다. 텅 빈 세상에 단둘이 남은 프라이와 릴라. 릴라는 프라이의 청혼을 수락하고, 아름다운 석양이 내려앉

은 빌딩 옥상에 영원히 갇혀 아무도 없는 세
상에서 둘만의 사랑을 속삭인다. 이따금
정체를 알 수 없는 의문의 빛이 스쳐 갈
뿐이다. 이윽고 정체불명의 빛 사이로
발명품을 만든 박사가 나타난다. 박사는
부서진 기계를 고치고 버튼을 눌러 온전한
세계로 되돌리려 한다. 대신, 필리프과 릴라가 속삭
였던 사랑의 기억은 흔적도 없이 사라질 것이라 말한다. 둘은 박사의 제안
에 흔쾌히 동의한다. 박사는 버튼을 누른다.

　　우리도 일상으로 돌아가기 위해 버튼을 누르는 데 동의했다. 날이 밝자
짐을 챙겨 공항으로 향하던 길이었다. 한국인 두 명이 〈포포라레〉를 향해
분주히 걸어가고 있었다. 아들은 상기된 어조로 아버지에게 말을 건넨다.
"파리에서 엄청 유명한 피자집이야. 준 서기 전에 얼른 도착해야 해!" 그들
의 여행은 이제 막 시작된 것일까, 절정을 향해 있었을까, 아니면 우리처럼
곧 파리를 떠나려던 참이었을까.

Phô-Montmartre

116 Rue Montmartre, 75002 Paris

Pizzeria POPOLARE

111 Rue Réaumur, 75002 Paris

Au revoir, Paris

←⋘ 다시 만나, 파리

퐁피두의 노인과 비둘기 떼, 그리고 갈매기

휴관일에 문을 닫은 퐁피두 센터 앞, 한적한 광장에 모인 새 떼 속으로 노인이 걸어간다. 비둘기는 본능적으로 노인의 나약함을 감지하고 있다. 노인의 느릿한 움직임과 발걸음이 무해하리라는 것을 애초에 알고 있다는 듯 태연하게 무리 지어 노닌다. 순간 모든 것이 뒤섞이며 슬로모션처럼 흘렀다. 노인은 자신만의 속도에 맞춰 제 갈 길을 가고, 비둘기는 모처럼 텅 빈 광장을 점거하는 중이다. 갈매기는 마치 동족인 것처럼 비둘기 무리 틈에 섰였다. 내가 바라본 풍경 속에 도시 생태계의 충직한 단면이 고스란히 녹아 있었다.

바게트를 짊어진 시선

미셸 투르니에_Michel Tournier_와 에두아르 부바_Edouard Boubat_의 「뒷모습」이 떠올랐다. 등은 거짓말을 할 줄 모른다. 뒤쪽이 진실이다. 노인과 바게트는 마치 뫼비우스띠처럼 묶여 있다. 노인의 바게트를 향한 무한한 사랑이 뒷짐 진 손 사이로 훤히 들여다보인다.

퐁네프 다리를 향하는 오래된 연인

아주 격식을 차린 것도, 그렇다고 캐주얼한 것도 아닌, 적당히 세련된 차림 새란 오랜 세월 속도를 맞춰온 두 연인의 발걸음 사이로 관계의 이상향을 투영해 본다.

파리의 만추를 횡단하는 거리의 남자

이 세계와 완전히 분리된 해방감을 자유라 일컫는다면, 지금 내가 바라본 것은 자유의 현현顯現이었다. 한 손으로 술을 들이켜며 센강을 횡단하는 파리의 노숙인. 그의 곁엔 피로에 젖은 삶의 무게도, 권태로 얼룩진 일상의 균열도 존재하지 않는다.

French not French
파리와 소도시의 나날

Au revoir, Paris
다시 만나, 파리

파리의 카페테라스

여행자의 신분으로는 낯선 도시 속에 깊숙이 들어설 수도, 빠져나갈 수도 없다. 파리 시내에 즐비한 노천카페는 바깥도, 실내도 아니다. 안팎의 경계에 존재한다고 할까. 카페테라스는 파리지앵과 여행자의 경계를 넘나들 수 있는 공간이었다. 파리를 떠나며 이 노천카페가 유독 그리워질 것 같았다.

Saint-Ouen ——————————————————————→

Paris

겨울과 여름의 산책

Balade hivernale à Paris sous la pluie

지난밤, 나는 파리에 잘 도착했어. 지난가을에 다녀간 지 3달이 채 지나지 않았는데, 해가 바뀌었다는 사실 말고는 달라진 건 없어. 가을이 저물고 겨울이 찾아온 파리의 풍경은 황량한 멜랑콜리아로 가득해. 때마침 비가 내렸지. 도시의 야경은 빗물에 젖은 아스팔트 바닥에 반영하여 입체적으로 빛났어. 한밤중이었는데도 말이야. 지하세계에 파리와 꼭 빼닮은 쌍둥이 도시가 묻혀 있다는 착각이 들 정도였지.

이번에 묵게 된 숙소는 파리 외곽의 생투앙*Saint-Ouen* 지역에 있어. 그 유명한 생투앙 벼룩시장이 열리는 곳이 맞아. 최근 생투앙으로 힙스터들이 몰리며 핫 플레이스로 변모하고 있다고 해. 파리 중심가와 접근성이 용이하기 때문이라나. '그랑 파리'라 불리는 파리 확장 프로젝트에서 생투앙은 최전방에 자리하고 있던 셈이지.

날이 밝자 파리 중심가와는 다른 파노라마가 호스텔 창가로 내려다보였어. 만사드 지붕도, 상앗빛 석회암 외벽도, 곡선미가 돋보이는 철제 발코니

Balade hivernale à Paris sous la pluie
비 내리는 파리의 겨울 산책

도 전혀 눈에 띄지 않았지. 파리를 코앞에 두고 콘크리트와 페인트 냄새가 완전히 빠지지 않은 신축 건물에 묵고 있으니, 묘한 기분이 들었어.

그때 네게서 메시지가 도착했어. 서울은 지금 영하 20도로 내려갔고, 매서운 강풍이 불어 체감온도는 영하 30도에 육박한다고. 숨만 쉬어도 코털이 바싹 얼어붙는 추위에 모든 것이 굳어버렸다고. 모스크바는 겨우 영하 14도를 기록하고 있는데, 어처구니가 없다는 네 하소연에 나는 파리의 겨울을 새삼스럽게 실감할 수 있었지. 해가 바뀌고 매일같이 비가 내리던 겨울의 어느 날, 나는 다시 파리를 찾은 거야.

음습한 한기가 뼛속을 파고들었어. 공기 중으로 떠도는 우울한 그림자가 포화 상태의 습도를 뚫고 물방울로 맺힐 것만 같았지. 멜랑콜리아를 구태여 갈구한 건 아니었어. 먼발치에서 그저 파리를 내려다보고 있을 뿐이었지. 나는 그길로 파리의 우울을 눈에 담기 위해 카메라를 들고 숙소를 빠져나왔어. 생투앵역에서 파리 중심가에 도달하기 위해서는 1시간을 걸어야 했어. 지하철을 타면 40분이 소요되는데, 나는 걷는 편을 택했지. 파리는 산책의 도시잖아. 실은 샤를드골 공항에 발을 내딛는 순간, 겨울비에 잠긴 습한 공기를 타고 실체를 알 수 없는 고요가 파도처럼 밀려왔어. 나는 지금, 이 순간 파리를 관통하고 있는 시커먼 풍경을 담고 싶다는 막연한 심상을 품었던 거야. 지난가을 마주했던 화려한 아름다움 속에 박제된 파리가 아닌, 앙상한 도시의 모습 말이야.

빗속을 걸었더니, 이내 허기가 밀려왔어. 나는 편의점에 들러 소세시와 생수를 집어 들었지. 주황색 우산도 하나 샀어. 빗물에 젖은 축축한 신발을 이끌고 몽마르트르 언덕에 도착했을 땐 비가 제법 잦아들었어. 멀리서 반도네온 소리가 들려왔지. 관광지의 어수선한 분위기가 겨울의 스산한 풍경과 묘한 조화를 이루고 있었어. 반도네온 멜로디는 심연을 자극했지. 나는 연

Balade hivernale à Paris sous la pluie
비 내리는 파리의 겨울 산책

주가에게 동전을 선뜻 건네주고 싶었지만, 주머니 속엔 신용카드가 담긴 지갑 밖에 없었어. 길거리 연주가들이 신용카드 단말기를 가지고 다니는 날이 올까?

언덕을 오를수록 앙상한 가지를 드러낸 나목과 습한 대기 속에서 더욱 푸르게 빛나는 상록수가 극명한 대비를 이루고 있었어. 과거와 현재의 파리가 한눈에 들어오기 시작했지. 샤크레쾨르 대성당Basilique du Sacré-Cœur은 연일 쏟아지는 겨울비에 흠뻑 젖어 잿빛을 드리웠어. 푸른 하늘 빛나는 태양 아래 백사장의 새하얀 모래 알갱이처럼 그토록 아름답게 반짝이던 샤크레쾨르였을 텐데. 나는 파리의 우울을 목도했지. 이것이 겨울의 파리야. 시시때때로 찾아오는 손님을 맞이하느라 늘 단장한 채 위용을 뽐내고 있어야만 하는 파리의 터줏대감들도 겨울만큼은 옷을 벗고 안식을 찾지.

영하로 떨어지지 않는 적당한 추위에 사람들은 멋 부린 차림새로 거리를 활보했어. 두꺼운 외투로 체형을 완전히 가리지 않은 채 목과 어깨에 느슨하게 걸친 머플러와 얇은 가죽 장갑으로 개성을 드러냈지. 센강은 아슬아슬한 수위를 유지하며 흙탕물로 굽이쳤어. 너와 함께 걸었던 수문 아래 산책로는 이미 강물이 범람한 뒤였지. 그칠 기미가 보이지 않는 굵은 비로 사람들은 1910년 파리의 대홍수를 떠올리며 긴장감을 늦추지 않는 듯 보였어.

어느새 나는 너와 함께 걸었던 익숙한 길을 따라 걷고 있었어. 네가 곁에 있었다면 얼마나 '완벽한 날'이었을까. 공원에서 샹그리아를 마시고 동물원에 가서 먹이를 주고, 영화를 본 뒤 날이 어둑해지면 집으로 돌아오는 거야. 네가 곁에 있다는 착각에서 벗어날 즈음이었을까. 나는 유럽 사진 박물관 앞에 섰어. 건물 외벽엔 바다로 다이빙하는 순간을 마치 하늘을 나는 모습처럼 포착한 초현실적인 사진이 걸려 있었지. 이탈리아 사진작가 니노 밀리오리Nino Migliori의 「La Matière des Rêves꿈의 재료」를 타이틀로 내건 전시였어. 사소한 일상조차 스펙터클한 시선으로 바라본 작가의 집념이 느껴졌지. 상설전으로 만난 마이클 케나Michael Kenna와의 만남은 운명이었다고 할까. 미니멀리즘의 풍경이 담긴 정방형 프레임을 보고 힌트를 얻었으니 말이야. 전시장을 빠져나오자 골목 한 벽면을 가득 채운 또 다른 전시가 거리 위로 쏟아졌어. 박물관에서 정제된 큐레이션을 막 보고 나온 터라, 즉흥성과 역동성이 살아 있는 길거리 전시가 더욱 돋보였지. 오페라 가르니에에서 필하모닉 공연을 관람하고, 길 위의 집시 재즈 밴드를 우연히 마주친 기분이었다고나 할까. 파리의 예술은 층위를 불문하고 서로 뒤엉켜 흘러가고 있어. 마치, 곧 범람할 듯한 센강의 강물처럼 말이야.

비는 그쳤지만 구름은 지상에 닿을 듯 낮게 깔렸어. 금방이라도 곧 비가 쏟아질 것 같았지. 나는 어느덧 퐁피두 센터에 도착했어. 지난 여행의 마지막 시선이 머물렀던 장소이자 휴관 일이었던 탓에 미술관을 둘러보지 못한 아쉬움이 남은 곳이잖아. 한 치의 망설임 없이 곧장 퐁피두 센터 안으로 들어갔지. 동시대 예술부터 팝아트와 인상주의, 추상주의와 표현주의까지 현대미술을 망라한 상설 컬렉션이 쉴 새 없이 튀어나왔어. 설렘도 잠시, 나는 자괴감에 휩싸이고 말았지. 어린 시절 미술 교과서에 수록된 작품 사진을 보는 건 나의 은밀한 취미였거든. 코딱지만 한 그림을 한없이 응시하며 감각의 세계로 빠져들곤 했어. 때마침 퐁피두 센터를 찾은 어린 학생들이 재잘거리며 지나갔어. 벽에 걸린 마스터피스쯤은 대수롭지 않다는 듯 여기며 말이

야. 이 꼬마들은 태어날 때부터 대가의 작품을 실제로 마주할 수 있는 권한을 부여받았지. 원한다면 언제든 실물을 눈앞에 두고 느낄 수 있어. 마크 로스코*Mark Rothko*의 붓 터치가 문득 생각난다면, 앤디 워홀의 실크스크린 판화가 균일하게 찍혀 있었는지 갑자기 궁금해진다면, 기꺼이 발걸음을 옮기기만 하면 되는 거야. 만약 어린 시절 이 작품들을 생생하게 마주했다면 내 삶은 지금과 달라졌을까? 부질없는 가정은 벗어던지고 담담하게 세계와 맞닥뜨리기로 다짐했어. 그도 잠시, 퐁피두 센터 꼭대기 층에 오르자마자 이곳에 전시된 최고의 걸작을 보고야 말았지. 그건 파리의 역사를 망라한 끝없이 펼쳐진 풍경이었어. 중세 파리와 나폴레옹의 파리, 오스만의 파리와 현대의 파리, 지금 이 순간의 파리까지. 사방에서 펼쳐지는 파리의 단면을 살펴보는 것도 하나의 재미로 다가왔지. 노트르담이 자리한 동쪽 풍경은 중세의 파리로 시간 여행을 떠나온 듯한 착각을 불러일으켰어. 에펠탑이 자리한 서쪽은 벨 에포크 시절의 향수로 가득했지. 에펠탑과 나란히 선 타워 크레인을 보고 또 다른 에펠탑이 축조되고 있는 줄 알았으니까. 그래피티 아트로 뒤덮인 옥상을 따라 저 멀리 몽파르나스 타워가 용솟음치는 파리의 남녘을 바라볼 때가 되서야 현재로 돌아올 수 있었어. 온종일 내리는 비에 태양의 건조한 온기가 간절해질 즈음, 수증기가 일렁이는 새하얀 구름을 뚫고 겨울의 태양이 거짓말처럼 모습을 비췄어. 그 순간 아름다운 몽마르트르 언덕으로 서광이 드리웠지. 몽마르트르가 올려다보이는 파리의 북쪽은 모두가 꿈꾸는 환상 속의 파리였어. 파리의 우울은 잠잠해졌고 나는 본능적으로 빛을 좇았지. 그때 네 읊조림이 귓가에 울려 퍼졌어. "태양을 몰고 다니는 미스터 선샤인. 파리의 장마조차 걷어버렸군."

비 갠 뒤 하늘은 더할 나위 없이 푸르렀고 미세먼지 농도는 한 자릿수를 가리켰지. 나는 숨을 크게 내쉬며 파리 시내 중심가를 거닐었어. 방돔 광장에 도착했을 땐 겨울의 태양은 저녁나절 금세 자취를 감추었고, 한 날의 공백 끝에 다시 태어난 초승달이 새초롬한 맑은 빛을 머금고 장마로 얼룩진 도시를 감싸 안았어. 얼마나 초현실적인 풍경이었냐면, 마그리트의 인디고블루가 흩뿌려진 낮과 밤의 경계에서 가로등 속 짙은 오렌지 빛깔의 나트륨 불빛이 하나둘씩 밝아오는 거야. 낮도 밤도 아닌, 빛이 완연히 걷힌 것도 어둠이 내린 것도 아닌 상태. 나는 모든 것이 새로 시작되는 기분에 한껏 들떴지. 세태의 향기가 모두 씻겨 내려간 말간 밤하늘에 보송한 얼굴을 드리운 초승달처럼 말이야. 굵은 장대비가 쏟아지던 지난밤부터 비가 완전히 걷힌 오늘 저녁까지, 파리 구석구석을 활보하며 얼마나 완벽한 날을 보냈는지. 네가 곁

에 머무르고 있다는 착각이 나를 계속 걷고 또 걷게 했던 거야. 나는 파리의 우울을 관통해 다시 빛의 도시로 돌아왔어. 비를 깊이 머금은 정령들은 봄의 기운을 기폭제 삼아 생의 찬란함으로 이내 돋아나겠지. 벌써 여름이 기다려지는 건, 방정맞은 상상일까?

Mélancolie à Paris

샤를 보들레르의 산문집 『파리의 우울』을 떠올린다. 보들레르는 진정으로 파리를 사랑했던 파리의 시인이자, 도시의 외로운 산책자였다. 대리석, 금속, 유리, 재단된 초목 등 인공미로 가득한 꿈의 궁궐을 거닐며 한낱 부스러기에 불과한 서글픈 이방인을 자처했다. 길 위에서 마주한 소외된 일상의 간극을 집요하게 파고들며 파리의 우울한 정취와 뒤범벅된 몽상가였다. 보들레르의 시선을 빌려 화려한 도시 이면에 도사리고 있는 멜랑콜리를 포착하려 했다.

겨울 장마에 갇힌 파리는 온통 잿빛을 드리웠다. 온종일 내리는 빗속을 아무 생각 없이 거닐다 보니 발길이 뤽상부르 공원에 닿았다. 축축하게 젖은 산책로를 따라 즐비한 나목은 시커먼 가지를 치켜세우고 겨울잠에서 깨어나려 했고, 겨울비에 온갖 세태의 흔적이 씻겨 내려간 동상은 벌거벗은 채 텅 빈 하늘을 응시하고 있었다. 찬란한 역사와 거대한 영광을 품고 있어야 할 화려한 석조전과 아름다운 정원이 후광을 상실한 것이다. 보들레르의 환청이 들려왔다.

"당신은 무엇을 그토록 좋아하느냐?"

"나는 구름을… 흘러가는 저 구름을… 저 찬란한 구름을 사랑하오! 『LE SPLEEN DE PARIS』중에서"

어느 예술가의 고해성사

드넓은 하늘과 바다에 시선을 빼앗긴다는 것은 얼마나 위대한 일인가! 고독, 침묵, 순결에 가까운 푸른 빛. 수평선 위로 미세한 파동을 튕겨내는 하나의 작은 돛은 미천하고도 외로운, 조악_{粗惡}한 내 모습과 닮았다.

Mélancolie à Paris
파리의 우울

message.2

어릿광대

새해가 범람하고 있었다. 눈과 진흙이 뒤범벅된 길을 따라 수 천대의 마차가
지나가고, 장난감과 사탕의 반짝임에 눈이 부시며, 탐욕과 절망, 공공연한
광란으로 들끓는 대도시는 투철한 이성으로 무장한 사람조차 혼란케 한다.

Mélancolie à Paris
파리의 우울

후광의 상실

전혀 그렇지 않소! 나는 여기에서 잘 지낸다오. 나를 알아보는 건 당신이 유일하다오. 한편으로는 내게 드리운 위엄이 지긋지긋할 따름이오.

미망인들

보브나르그_Luc de Clapiers de Vauvenargues_의 말마따나 공원에는 좌절된 야망, 불행
한 발명가, 실패한 영광, 상처 입은 영혼이 주로 드나드는 산책로가 있다. 요
동치는 이 모든 정령은 폭풍우와 같은 마지막 한숨을 여전히 내쉬며 스스로
를 고립시키고, 행복하고 게으른 자들의 오만한 시선으로부터 멀찌감치 떨
어져 있다. 이 그늘진 은신처는 몰락한 인생들의 회합이다.

message.5

각자 자신의 키메라를

흥미로운 점은 여행자 중 그 누구도 그의 목에 매달리고 등에 붙은 사나운 짐승에게 화를 내지 않은 듯했다. 누군가는 그 괴물을 자신의 일부로 여기는 듯 보였다. 피로 진중함으로 얼룩진 그 얼굴들은 절망하지 않았다. 우울한 하늘의 지붕 아래 그들의 발은 그 하늘처럼 황량한 흙먼지 속으로 빠져들었고, 그들은 영원한 희망을 품도록 선고받은 죄수처럼 체념한 표정으로 고되고 먼 길을 천천히 나아갔다.

message.6

머리카락의 반구半球

당신의 머리카락은 온전한 이상향과 수없이 많은 돛단배를 품고 있다. 그
속엔 광활한 바다를 품은 계절풍이 담겨 있다. 나는 그 바람을 타고 온화한
기후 속으로 빠져든다. 더 푸르고 더 깊은 곳으로. 공기 중엔 온갖 과일과
잎사귀, 맨살의 향기가 뒤섞인 채 맴돌고 있다.

미치광이와 비너스

그러나 무자비한 비너스는 그 대리석의 눈으로 어딘지 알 길 없는 먼 곳을
바라볼 뿐이다.

늙은 곡예사

그런 날에는 사람들이 고통과 노동 따위의 모든 것을 망각하고 어린아이로 되돌아가는 것만 같다. 어린이들에겐 등교의 의무가 24시간 뒤로 미뤄지며, 어른들은 삶의 사악함으로부터 휴전을 체결하는 동시 인생의 공공연한 투쟁을 잠시 멈춘다.

취해라

항상 취해야 한다. 모든 것이 여기에 있다. 그것이 유일한 문제다. 당신의
어깨를 짓누르고 중력을 향해 몸이 기우는 끔찍한 시간의 무게를 느끼고 싶
지 않다면, 당신은 쉼 없이 취해야만 한다.

세상 밖이라면 어디에라도

가엾은 영혼이여, 토네오로 떠나기 위해 짐을 꾸리자. 가능하다면 삶에서
더 멀리 떨어져 발트해 연안의 극단까지 더 멀리 가도록 하자. 극지방에 정
착하는 거야. 그곳이라면 태양은 지구를 비스듬히 둘러싸고 있을 뿐, 서서
히 흘러가는 밤빛은 다채로움을 허물어버리고, 권태를 증식시키겠지. 그 허
무함의 절정에서. 그곳에서라면 우리는 오랜 시간 어둠의 목욕을 즐길 수
있을거야.

La Forêt
d'hiver
de Loire

낯선 곳에서의 어느 아침, 그 산책의 기록이다. 우연偶然이라는 말을 좋아한다. 그날 일찍 일어날 수밖에 없었던 한 무리의 새소리, 이른 아침 들르겠다고 약속했던 이의 지각, 이례적인 겨울 홍수에 흠뻑 젖은 숲, 때마침 떠오른 태양과 서서히 생겼다 사라지기를 반복하는 물안개. 모두 우연이다. 그날 산책을 하기로 마음먹은 것도, 산책길에 카메라를 챙긴 것도.

프랑스의 정원이라 불리는 루아르Loire에서 담은 이 순간들은 어떤 목적도 가지고 있지 않다. 가메라의 눈으로 바라본 세상의 단면일 뿐이다. 내가 바라본 순간의 합으로 각자의 이야기와 정서를 떠올릴 수 있었으면 한다. 마치 우연과 우연의 계속된 합은 필연이 되는 것처럼.

흘러가는 나무와 서 있는 강물

La Forêt d'hiver de la Loire
루아르 겨울 숲: 범람한 프랑스의 정원

＼ 깊이 들어가면 보이지 않는다
＼ 우리는 그렇게 사라지고 있다

La Forêt d'hiver de la Loire
루아르 겨울 숲: 범람한 프랑스의 정원

La Forêt d'hiver de la Loire
루아르 겨울 숲: 범람한 프랑스의 정원

＼ 그날 산책을 한 이유에 대하여

French not French
겨울과 여름의 산책

Lumière du soleil d'été

Lumière du soleil d'été
여름의 햇살

Lumière du soleil d'été
여름의 햇살

Rue Saint-Ouen aux roses de mai

독일 국경 지대를 지날 즈음이었을 거야. 비행기는 고도를 낮추기 시작했지. 초여름이 만개한 들판은 온갖 채도의 초록을 머금고 있었어. 파리의 여름은 어떤 모습을 하고 있을까. 이번에도 지난 여행과 마찬가지로 생투앵에 머무를 예정이야. 샤를드골 공항에 도착한 비행기에서 내려 공항 철도로 갈아타고 생투앵역으로 향했지. 거리는 여름의 생기로 가득했고 나는 파리와 싱그러운 랑데부를 했어. 지난겨울, 장맛비에 푹 젖어 있던 생투앵이 이렇게 변해 있을 줄은 꿈에도 몰랐어. 놀바닥을 비집고 올라온 잡초, 담장을 휘감은 5월의 장미, 초록 터널을 드리운 가로수길, 모든 것이 푸른 생의 기운으로 가득 차오르고 있었고 미지근한 바람에 은은한 장미 향이 실려왔지.

평일 이른 아침의 생투앵 거리는 그저 한적할 뿐이었어. 골동품 상점은 약속이나 한 듯 문이 굳게 닫혀 있었어. 상인들은 쌓인 물건을 정리하며 한적한 일상을 보내는 중이었지. 주말이 오면 벼룩시장은 곧 성업할 테니까.

19세기 후반 넝마주이와 집시, 빈민에 의해 자생적으로 형성된 생투앵 벼룩시장에서 생동감 넘치는 옛 모습을 더는 찾을 수 없을 거야. '보보Bobo'라 불리는 부르주아 보헤미안이 생투앵을 사유화하기 시작하며 이곳은 파리의 유명 관광지처럼 그저 대중적인 명소가 되어버렸으니까. 한때 보보의 삶을 꿈꿨던 내 젊은 날의 초상이 떠올랐어. 나는 블루스와 재즈에 탐닉했고 제3세계의 이국적인 문화에 마음을 빼앗겼지. 다만 나는 부르주아가 아니었기에 반쪽짜리 보보에 불과했어. 만약 그 막연한 꿈을 맹목적으로 좇았더라면 지금쯤 나는 석양이 지는 브라질의 한 해변에서 기타 연주를 들으며 맥주를 마시고 있겠지.

내게 직면한 현실은 내일이면 생투앵을 벗어나 일주일 동안 프랑스 동부를 가로질러 서부로 향해야 한다는 거야. 지난 여행에서 얻은 교훈이 있다면, 무엇을 하기 위해 애쓰지 않는다는 사실이야. 당면한 시간과 공간 속에

Rue Saint Ouen aux roses de mai
5월의 장미가 핀 생투앵 거리

French not French
거울과 여름의 산책

Rue Saint Ouen aux roses de mai
5월의 장미가 핀 생투앵 거리

서 마음을 움직이는 무언가에 이끌려 자연스럽게 호흡하는 거지. 그 시선은
홍수에 잠긴 숲에 머무를 수도, 먹이를 찾아 담장 위를 걸어가는 고양이에
게 향할 수도 있어. 순환하는 계절 속에서 때마침 가장 아름다운 시절이 흐
르고 있어. 맑은 태양과 투명한 구름, 상쾌한 빛과 그윽한 바람, 신록이 만개
한 대지는 그 어느 때보다 생의 기운으로 충만해. 직면한 순간을 딛고 일상
을 충직하게 밟고 또 밟아 지금 나는 생투앵 거리의 아무도 없는 한적한 공
원에 앉아 있어. 돌담에 그려진 그래피티가 시선을 흩트리지만 오래된 것들
로 그득한 생투앵 골동품 시장에서 이 낙서는 현재와 가장 가까운 이야기를
들려주고 있었지.

　헐값에 헐값의 물건을 살 수밖에 없기 때문에 골동품 시장에 가지 않는
다는 네 말이 떠올라. 자본주의가 정점을 향해 치닫는 지금은 골동품의 가
치 또한 획일화되어 버렸으니까. "부자들은 가난마저 훔친다."는 박완서 작
가의 문장을 가볍게 읽어 넘길 수 없는 시대야. 그런데도 골동품의 매력이
라면 불변하는 시대상을 간직한 물성에 있겠지. 현시대의 가치는 훗날 무엇
으로 남을까? 문 닫힌 상점 앞에서 중절모를 쓰고 신문을 펼친 노인의 풍경
이 낯설 뿐이야. 언젠가 내 존재 또한 타인
에게 생경하게 비치겠지? 공허한 생투앵 거
리 한복판에서 무소유의 욕망이 꿈틀거리
던 하루였어.

Perdu
au paradis

message.1

기운생동

프랑스 서부에서 마주친 로마 시대 유적, 고인돌. 불변하지 않는 물성에 본능적으로 이끌렸다. 모든 것이 초록으로 빛나던 순간, 태초의 공간으로 회귀하고자 잠시 눈을 감았다. 원시림 속에 파묻힌 폐허의 아우라가 스쳤다. 귓불을 간지럽히는 벌 떼의 날갯짓에 눈을 떴다.

여름의 기분

다습한 공기층과 뜨거운 햇살이 만나 걷잡을 수 없이 피어오르는 뭉게구름
을 사랑한다. 사람의 손길이 닿지 않은 미루나무가 산들바람에 살랑살랑 춤
을 춘다. 여름의 정서가 내 마음을 사로잡는다. 여름의 기억이 밀려오기 때
문이다.

Perdu au paradis
Lost in Paradise

황금의 언덕

상상 속에 존재하는 이상적인 포도밭을 보았다. 야트막한 구릉지 경사면으로 태양이 그늘을 드리우지 않는 황금의 언덕. 농번기가 시작되기 전, 비옥하게 돋운 땅 위로 새파란 포도꽃이 한창 돋아나고 있었다. 이내 꽃이 지고, 알알이 맺힌 포도송이는 숲의 능선 뒤로 몽실몽실 떠오르는 새하얀 적란운처럼 풍요로 가득 차오를 것이다.

고양이 복지

프랑스인의 고양이에 대한 애정을 단적으로 엿볼 수 있는 풍경. 작은 친구를 위해 삶의 공간을 기꺼이 내주는 여유로운 마음이 오롯이 느껴졌다.

Perdu au paradis
Lost in Paradise

message.5

뒷마당

여름의 축복에서 비켜선 음지의 풍경. 태양의 수혜를 받지 못한 음습한 곳
으로 가녀린 나뭇잎과 이끼가 초록의 성을 쌓고 있었다. 불현듯 떠오른 경
구. "그리고 삶은 지속된다."

Perdu au paradis

Lost in Paradise

말

프랑스 농경지에서 목격한 말은 우리나라의 소와 같은 존재였다. 달리는 말이 아닌, 밭을 경작하고 무거운 것을 운반한다. 거대하고 당당한 풍채에 위압감이 느껴질 정도였다. 우직한 소가 아니라, 우직한 말이라고 할까.

개

미풍에 실려오는 라일락 향기에 봄의 기운이 어렴풋이 남아 있는 듯하다가
도 이글거리는 태양 볕에 그늘을 찾아 숨어들곤 했다. 여름의 기운에 점령
당하고 만 것이다. 충직한 개는 여름에 굴복하지 않고 제 터를 지킨다.

Perdu au paradis

Lost in Paradise

시절의 절정

들판에 흐드러진 양귀비꽃이 끝없이 펼쳐진 풍경을 곁에 두고, 달리는 차를 멈추지 않을 사람이 몇이나 될까? 붉고 푸른 보색이 강렬한 대비를 이루며 그야말로 나의 시선을 빼앗아 버렸다. 시든 꽃 하나 없이 모든 얼굴이 태양을 향해 발간 속살을 추켜세우며 시절의 절정을 대지 위로 수놓고 있었다.

여름의 루아르

홍수 진 루아르의 겨울 숲을 떠올리며 여름의 루아르를 다시 찾았다. 흐르는 강물과 푸른 숲 사이로 비친 고성 뒤뜰에 어린아이들이 트램펄린을 뛰고 있을 뿐, 심연을 자극하지 않는 풍경에 훗날을 기약했다. 루아르의 여름 숲을 다시 찾을 그날을 기다리며.

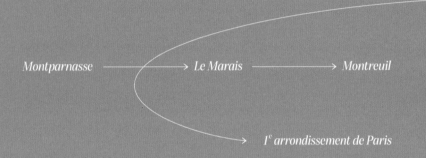

Montparnasse ⟶ Le Marais ⟶ Montreuil

1e arrondissement de Paris

Bois de Vincennes ⟶ Versailles ⟶

⟶ 15e arrondissement de Paris

여름의 파리

Rendez-
vous, à
Paris

← ⫸ 랑데부 파리

원고 마감과 파리행 티켓 사이에서 씨름 중. 이번 여행에서 호기롭게 원고를 마감할 생각이었다. 사진 파일을 압축해 전송한 시간은 오후 11시. 냉장고 정리와 설거지를 마치고 시계는 자정을 넘어간다. 어둠이 내려앉은 옥상 정원에 올라 물을 함빡 적시며 서울의 밤하늘을 눈에 담는다. 새벽 2시, 침대에 걸터앉아 미완의 원고를 붙잡고 늘어진다. 이대로 밤을 지새운다면 좁아터진 비행기에서 깊은 잠에 빠질 수 있을 것이라는 심산이다. 탑승까지 9시간이 남았다. 좀처럼 잠자리에 들지 못한 그날 밤. 모든 게 그리웠다. 가운데가 푹 꺼진 나만의 베개, 나의 체취가 흠빽 밴 담요, 한 손에 꼭 맞게 들어오는 즐겨 쓰는 푸른 유리컵, 새초롬한 미셸과 살가운 꼬망, 갓 태어난 지붕 위의 새끼 고양이. 꽃대가 막 솟아오르기 시작한 옥상 정원의 향기로운 허브 군락 그리고 초록으로 빛나는 방울토마토와 블루베리, 푸른 소만의 햇살과 향기로운 미풍. 내 주위를 둘러싼 모든 게 그리웠다. 뜬눈으로 밤을 지새운 다음 날, 나는 판단력을 잃어가고 있었다. 오전 7시부터 채비를 서둘렀지만, 마지막까지 느긋하게 커피를 내려 마시는 여유를 부렸고 지붕 위로 마중 나온 아기 고양이들의 귀여운 몸짓을 영상으로 찍어 프랑스에 있는 남편에게 전송하느라 시간을 지체하고 말았다.

서울역에 도착했을 땐 인천 공항행 직통열차가 막 떠난 뒤였다. 나는 그 길로 일반 열차에 몸을 실었다. 출근 시간과 맞물린 공항행 열차는 만원이었다. 와자지껄한 백색소음을 자장가 삼아 그대로 깊은 잠에 빠졌다.

최근 완공된 인천 공항의 제2 터미널은 초행길이었다. 무언가에 이끌리듯 발권 창구가 있는 지상층에 도착했지만, 에어프랑스 부스는 도무지 보이지 않았다. 근처에 문을 연 타 항공사 직원에게 다짜고짜 에어프랑스 위치를 묻고 또 물어 찾아 헤맸지만 도대체가 없다. 벌써 세 번째 같은 곳을 맴도는 중이다. 나는 잠에서 아직 덜 깼나? 지금 꿈을 꾸고 있나? 비행기 탑승 마감 시간은 30분이 채 남지 않았고 나는 그 어떤 수속 절차도 밟지 못했다. 이대로라면 정말이지 내가 사랑하는 집으로 돌아가게 생겼다. 아침에 내려 마신 커피 찌꺼기를 치울 수 있겠지? 하지만 뒷일은? 14시간 뒤 파리에서 만나기로 한 남편에게 무슨 말을 둘러대야 하나?

정신을 가다듬고 이성의 끈을 쥐어짜 안내 데스크를 향해 질주한다. 데스크 직원은 전산망을 조회하더니 에어프랑스 창구는 30분 전에 이미 닫혔다고 했다. 나는 마치 연극 대사를 읊듯 처연한 얼굴로 직원을 향해 호소했다. "그럼 저는 어떻게 하나요?" 그녀는 항공사에 연락을 취해 위약금을 물고 다음 비행기에 탑승하는 편을 일러 주었다. 나의 처연함이 통했던 것일까. 갑자기 부칠 수하물이 있는지, 티켓은 발권했는지 되묻는 그녀. 나는 이번 여행에 어쩐 일인지 단출한 기내용 캐리어 하나만을 챙겼고, 호기심에 발권한 E-Ticket을 핸드폰에 저장해 두고 있었다. 공항 안내원은 탑승 마감 시간이 얼마 남지 않았으니 서둘러 수속 절차를 밟으라며 검색대 방향을 가리켰다. 나는 참고 있던 가쁜 호흡을 터트리며 그녀를 향해 감사의 인사를 건넸다. 공항 검색대를 거쳐 게이트로 달려가는 데 10분이 걸리지 않았다.

평일 오전의 한산함, 기내용 캐리어, 전자 티켓이 아니었더라면 나는 영락없이 좌초되었을 것이다. 내가 이렇게 달리기를 잘했던가? 자리를 찾아 지정석에 주저앉자 왠지 모를 허탈함이 밀려왔다.

불협의 리듬을 타고 빠르게 뛰는 심장은 도무지 멈추지 않았다. 이륙 후 첫 번째 기내식을 받을 때까지도, 와인 한 잔을 들이켜고 선잠에 빠질 때까지, 하강하는 비행기 차창 너머 에펠탑이 모습을 드러낼 때까지도, 샤를드골 공항에서 한 장만 끊어야 할 파리행 RER 티켓을 10장 묶음으로 90유로를 결제할 때까지. 그리고 남편과 만나기로 한 몽파르나스의 당페르-로슈로 역에 도착할 때까지도.

파리와 꽤 성공적인 랑데부를 치르고, 남편과 함께 당페르 호텔로 걸어가는 길이었다. 고즈넉한 거리는 마치 영화 「아멜리에」의 미장센처럼 아름다웠다. 서서히 모습을 드러낸 당페르 호텔. 멘Maine 거리 한가운데 위치한 작고 예쁜 숙소였다. 원래대로라면 남편은 오늘까지 예정된 취재를 마무리 짓고 생투앵에 있는 호스텔에 머무르기로 되어 있었다. 나는 몽파르나스의 호텔에서 홀로 하룻밤을 보낸 뒤, 다음날 남편과 접선할 예정이었다. 불행 중 다행이었을까. 하루 앞당겨 프로젝트를 마친 남편은 파리에 막 도착한 나와 함께 시간을 보낼 수 있게 되었다.

컨시어지의 호텔 직원은 예약 상황을 꼼꼼하게 확인했다. 한 명으로 예약한 호텔룸에 왜 두 명이 왔느냐고 의심의 눈길을 보낸다. 나는 추가 요금을 지불할 테니, 남편과 함께 머무르게 해달라고 부탁했다. 인천 공항 안내 데스크 직원에게 애걸하다시피 한 그 처연한 말투로. 그는 두 번째 손가락을 좌우로 흔들며 단호히 거절한다. "Non." 비행기를 놓칠 뻔한 악몽에 이어 숙소까지 말썽이라니. 호텔 직원은 여전히 눈을 부릅뜨고 고개를 절레절레 흔든다. 남편은 그저 묵묵부답. 머릿속엔 그 어떤 대안도 떠오르지 않았다. 쉼 없이 희미하게 이어지고 있는 1박 2일이 어서 끝나버렸으면 좋겠다는 생각뿐이었다. 순간 정적이 흐르고, 호텔 직원은 개구진 미소와 함께 농담이었다고 말을 건네 왔다. 남편은 직원의 농담을 이미 알아차리고 그 모노드라마가 막을 내리기만을 기다리고 있던 것이다. 호텔 직원은 인적 사항과 숙박부를 수기로 작성하며 이제야 친근한 어조로 말을 걸어왔다. 우리는 남쪽의 한국에서 왔으며, 내일이면 북역에서 기차를 타고 벨기에로 떠난다고 했다. 호텔 직원은 대뜸 '북쪽의 코레'에 대한 자신의 소견을 밝혀 온다. 북녘 코레의 세계적인 명성이란. 우리는 얇은 먼지 위로 볼펜 자국이 진하게 그려진 전표를 건네받고 3층의 객실로 가기 위해 엘리베이터에 올랐다. 두 사람 그리고 두 개의 캐리어가 꼭 맞게 들어가는 작은 엘리베이터. 다시 찾은 파리는 여전히 아날로그의 속도로 흐르고 있었다.

그대로 잠들고 싶었지만, 침대에 몸을 뉘어 허리를 곧게 펴는 것만으로 잠시 동안 피로를 달래는 까닭은 지금 내가 파리에 있기 때문이다. 호텔 바로 뒤편엔 몽파르나스 묘지에 잠든 장 폴 사르트르*Jean Paul Sartre*와 보들레르가, 넓은 잎사귀를 서로 부닥쳐 가며 청량한 속삭임을 내뱉는 플라타너스 가로수길이 말을 걸어오고 있다. 하지를 향한 태양의 긴 꼬리는 밤의 세계를 걸어 잠근 듯하다. 여름이 절정으로 치닫고 있다.

Rendez vous à Paris
랑데부 파리

Été au Montparnasse

←───≪≪≪─── 몽파르나스의 여름

좁은 비행기 좌석에 웅크리고 있었던 몸을 곧게 펴고 단 한 순간이라도 중력에 맡긴 채 늘어뜨리는 것으로 충분했다. 5월의 마지막 날, 파리는 청량한 바람과 투명한 태양 빛으로 가득 차 있다. 봄과 여름의 경계에 걸친 소만의 세계는 어디서나 아름답다. 떠나온 나의 고국도, 지금 이곳의 파리도 마찬가지다. 생의 활기로 충만한 모든 정령이 영롱한 색채를 머금고 이 세계에 있다. 우리는 곧 호텔을 나와 몽파르나스의 거리로 향했다. 호텔 직원은 자리를 비운 모양이다. 다시 만나면 허심탄회한 미소를 날리려 했건만.

열흘 앞서 프랑스 전역을 여행한 남편의 행동거지는 한결 여유롭다. 다만, 빈속에 내추럴 와인을 마시는 통에 위산 과다증이 도져 소화불량을 호소한다. 남편은 한 프랑스인이 건넨 알약으로 속을 달래는 중이었고, 나는 파리에 당도하기까지 고군분투한 후유증으로 식욕을 잃었다. 이토록 아름다운 시절에, 파리에서 다시 만난 우리는 서로의 파리함을 감싸 안기 위해 인근 편의점으로 향했다.

파리 시내에 즐비한 모노프리monoprix, 프랑프리pranprix 식료품 체인 상점은 여행자에게 한 줄기 빛이자 오아시스다. 호텔 부근 프랑프리에 들러 커스터마이징 샐러드를 먹기로 했다. 비트, 퀴노아, 옥수수, 병아리콩, 달걀, 치즈, 올리브를 차례로 종이 그릇에 담고 이탈리안 드레싱을 곁들인다. 플레인 요거트 한 팩과 생수 두 병도 챙긴다. 단출한 먹거리를 장바구니에 담아 몽파르나스 묘지로 향한다.

묘지 담벼락을 따라 아름드리 플라타너스가 드리운 길목은 미풍에 서로 나부끼는 넓은 잎사귀의 청량한 속삭임과 이리 튕기고 저리 튕겨 나가는 건조한 햇살의 소란스러운 재잘거림으로 가득했다. 옅은 장미 향이 감도는 바람결을 타고 상공에 일렁이는 탐스러운 플라타너스 이파리가 부서지기 시작했다. 쏟아지는 빛과 그림자를 무방비 상태로 맞으며 우리는 인적이 드문 고요한 가로수길을 따라 걷고 또 걸었다. 나의 체온과 공기 중을 맴도는 바람의 온도가 꼭 같은 것으로 느껴져 이 세계 속에 내가 존재하고 있는지, 내형체 주변으로 여름의 세계가 펼쳐진 것인지 헷갈리기 시작할 즈음, 묘지정문에 도착했다.

몽파르나스 묘지로 고요한 공명이 감돌았다. 때마침 프랑스는 징검다리 연휴 기간이었다. 금요일 휴가를 내고 교외로 짧은 바캉스를 떠난 파리지앵들이 선사한 망중한이었다. 온갖 채도의 초록빛으로 부풀어 오른 세계, 건조한 햇살, 부서지는 태양, 위산 과다증에 걸린 남편과 여전히 길을 잃은 채 배회하는 나. 잠이 부족한 탓인지, 기력을 소진한 까닭인지 묘비명을 일일이 확인할 여유가 없다. 공원 한편 벤치에 늘어진 채 샐러드와 생수를 가운데 놓고, 못다 한 대화를 나눈다. 나는 이제야 남편에게 어쩌면 파리에 오지 못했을 것이라 고백한다. 남편은 대수롭지 않다는 듯 지금 내가 파리에 와 있다는 사실을 상기시킨다. 나는 마치 고해성사를 마치고 나온 속인처럼 한결 홀가분한 기분으로 비로소 파리의 여름을 음미한다. 발길을 조금만 돌리면 이곳 어딘가에 보들레르가, 사르트르가 내 손을 잡아챌 것만 같다. 찬란하게 빛나는 여름의 태양은 보들레르를 소생시키려 하지 않는다. 『보들레르와 함께하는 여름』의 저자 앙투안 콩파뇽Antoine Compagnon의 말마따나 보들레르와 함께하는 여름보다 터무니 없는 일은 없을 것이다. 저녁의 장막 속에 으스대는 더러운 수도의 지독한 매력을 사유하며 그 누구보다 파리를 사랑했던 보들레르에게 황금빛 태양이 부서지는 여름이 내려앉은 모습이라니. 나는 보들레르가 여름의 몽파르나스에서 모습을 드러내지 않은 이유를 이미 알고 있다. 보들레르는 멜랑콜리아 저편으로 태양의 광구보다 빛나는 금빛 물결을 타고 푸른 항해를 떠났기 때문이다.

그저 가벼운 산책으로 만족하고 호텔로 돌아가려는데, 우연히 마주친 작가 장 폴 사르드르가 키스를 건넨다. 불면에 시달린 몽롱함은 나를 초현실로 이끈다. 여름의 영원한 안식이, 코끝과 목구멍을 두드리는 천사의 목소리가, 여름의 태양에 반사되어 차고 넘친다. 파리행 비행기에 몸을 실은 건 엄연한 사실이다. 나는 지금 파리에 실존하고 있다.

호텔로 돌아와 테라스를 활짝 열어 젖히자 당페르 호텔의 고양이가 드디어 모습을 드러냈다. 하룻저녁 묵을 호텔을 검색하던 중 호텔 소개 페이지에 나타난 이 녀석에게 홀려 당페르 호텔을 선택했다. 고양이를 보자 마음이 사르르 녹는다. 나는 고양이 앞에 서면 한없이 풀어져 버린다. 무심코 다가와 반질반질한 이마를 정강이에 스쳐서일까? 두 번째 손가락을 코끝을 향해 펼치면 축축하고 차가운 콧등을 요리조리 비비는 까닭이었을까? 알 수 없는 무늬 뒤에 숨긴 말랑말랑한 살결로 내 마음 또한 풀어헤쳐서? 당페르 호텔의 고양이와 만난 뒤 몸과 마음의 피로가 한결 누그러지던 찰나 무의식이 의식을 가로지른다. 이제야 잠깐이나마 눈을 붙일 수 있겠다. 방으로 돌아가 침대에 몸을 누이고 눈을 떴을 때 내 앞에 짙은 어둠 대신 탐스럽게 부풀어 오른 복숭아 껍질처럼 석양에 물든 여

Été au Montparnasse
몽파르나스의 여름

름의 세계가 펼쳐졌다. 순간 하루가 지난 다음 날의 새벽녘인가 착각이 일 정도였다. 복되고 나른한 서머타임을 파리에서 겪게 될 줄은 몰랐다. 흘러간 시간을 붙잡은 환상에 사로잡혀 이 하루가 영원히 지속될 것만 같았다. 슬슬 식욕이 돋기 시작한다. 오후 8시를 넘겼지만 태양은 여전히 가득하다.

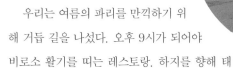

　우리는 여름의 파리를 만끽하기 위해 거듭 길을 나섰다. 오후 9시가 되어야 비로소 활기를 띠는 레스토랑. 하지를 향해 태양의 꼬리가 점점 길어지는 이 시기에는 저녁 식사가 으레 늦어지는 듯하다. 마침 호텔 근처에 베트남 레스토랑이 있다. 2구의 피자 가게와 맞은편 베트남 식당도 그대로겠지. 2주 뒤, 겐트에서 프로젝트를 마무리 짓고 2구의 쌀국수 가게를 방문할 생각이다. 언젠가 파리를 다시 찾게 되는 날엔 몽파르나스의 쌀국수를 추억하며 당페르 거리를 찾아오겠지. 중첩된 여행의 기억이 차곡차곡 쌓여만 간다.

　식사를 마치고, 저무는 해를 쫓아 몽파르나스 타워까지 발길이 닿았다. 연휴의 한가로움이 석양의 황금빛을 머금고 거리 위로 떠다닌다. 젊은 파리지앵들은 에코백과 캔버스 운동화로 멋을 부린다. '안전제일' 한글 마크가 노란색 자수로 새겨진 군청색 작업복을 걸친 힙스터가 거리를 활보한다. 파리의 고즈넉한 아파트 테라스 난간마다 활짝 핀 붉은 제라늄이 여름보다 더 붉게 빛난다.

　호텔이 있는 거리에 다다랐을 때에는 건물 유리창에 비친 노을의 반사광에 모든 것이 붉게 빛나고 있었다. 오후 10시가 넘어도 태양의 잔광이 사그라지지 않는다. 나는 이것을 파리가 건네는 환영의 표식인 양 제멋대로 해석하고 32시간째 지속되고 있는 불면의 고리에서 해방되기를 바라며 침대에 몸을 뉘었다. 그날 밤, 당페르의 고양이는 모습을 드러내지 않았다.

Le Chat
de
l'hôtel
Denfert

←≪≪ 당페르 호텔의 고양이

호텔 1.5층의 중앙 정원에는 아무도 없
었다. 지난 저녁 피로에 휩싸인 나
에게 위로의 몸짓으로 다가온 고
양이 한 마리를 제외하고는. 고
양이에게 친근감을 표시하는 방
법은 스스로 경계를 풀 때까지 아
무것도 하지 않고 가만히 있는 것이다.

6월이 시작되는 첫날, 파리의 당페르 호텔에서
아침 식사를 한다. 제철을 맞이해 수확이 한창인 납작 복숭아가 지천으로 널
린 호사를 누린다. 달콤한 과즙이 턱 아래로 흐를지언정 마치 바나나의 껍
질을 까듯, 포도송이를 한 알씩 떼어 먹듯, 한 손에 쥐고 돌려가며 베어 먹기
좋은 완벽한 피사체로 사람을 홀린다. 빵집에서 방금 사 온 샌드위치는 통밀
빵의 관념을 완전히 뒤흔들어 놓기 충분했다. 폭신한 식감은 구름을 씹는 듯
부드러웠고 입에서 사르르 녹는 키슈는 버터와 계란의 완벽한 비율로 풍미
를 끌어냈다.

그러는 사이 성큼 다가온 당페르 호텔의 고양이. 샌드위
치 빵을 살짝 떼어 고양이를 향해 내어 주자 거리낌
없이 나의 손끝으로 다가온다. 손등에 닿은 고
양이 발바닥의 촉감은 내가 그리워하는 그것
이 맞다. 햇살이 비출 땐 눈빛이 에메랄드색
으로 빛났다가, 그늘진 곳에서는 사파이어
색으로 반짝이기도 하는 당페르 호텔의 고
양이. 남편은 고양이가 호텔에서 사는 게 아닐
지도 모른다고 했다. 호텔방 창가에서 바라보았

Le Chat de l'hôtel Denfert
당페르 호텔의 고양이

을 때, 분명 옆 건물의 지푸라기 돔 위에서 제 보금자리인 양 쉬고 있었기 때문이다. 그렇다면 이 녀석은 정원으로 연결된 한적한 뒤뜰을 자신만의 놀이터로 점한 것일지도.

체크아웃 시간이 임박했다. 서둘러 짐을 챙겨 곧 이곳을 떠나야 한다. 컨시어지는 여전히 비어 있었다. 고양이에 관해 물어보려 했건만. 방금 아침 식사를 함께한 그 고양이만이 마치 우리를 배웅하듯 홀로 나와 있을 뿐이었다.

고양이는 호텔 주인이 아니었을까? 아니, 어쩌면 「벨포르의 사자*Lion de Belfort*」였는지도 모른다.

당페르 Denfert

당페르는 프랑스-프로이센 전쟁(1870~1871)에서 프랑스 동부의 벨포르*Belfort* 지역을 사수한 당페르 로슈로 장군의 이름을 딴 것이다. 벨포르성에는 당페르 로슈로 장군의 용맹함을 기념하기 위한 「벨포르의 사자」 거대 석상이 부조로 조각되어 있다. 파리 14구 당페르 로슈로 광장의 사자 석상은 「벨포르의 사자」 작은 에디션이다.

7
heures
à
Paris

←⋘ 파리에서의 7시간

그날은 토요일이었고 6월이 시작되는 첫날이었다. 체크아웃을 10분 남기고 호텔에서 나왔을 때가 오전 10시 50분. 브뤼셀 중앙역행 기차 탑승까진 6시간이 남았다. 마레 지구에 있는 〈이봉 랑베르Yvon Lambert〉서점에 들러 남편의 사진집 『Loir』세 권을 배달해야 하는 것 빼곤 여유로운 일정이다. 그러니까 6시간 뒤, 우리는 브뤼셀로 떠나는 기차를 타기 위해 북역에 있어야만 한다.

몽파르나스 묘지를 둘러싼 푸른 플라타너스 가로수 길, 매직 아워에 황금빛으로 물든 몽파르나스 타워, 몽파르나스역 공사장 가림막 뒤로 흩날리던 금빛 모래 알갱이, 헝클어진 머리를 쓸어 넘기며 지하철을 타기 위해 달려가는 소년과 소녀의 뒷모습, 노천카페에 앉아 커피와 담배 연기 속에서 여유를 즐기던 파리지앵, 이방인에게 축축한 콧잔등을 기꺼이 내준 당페르 호텔의 고양이, 모두 모두 안녕.

파리 북역은 나에게 첫사랑 같은 곳이다. 천국보다 낯선 파리의 기억을 다정하게 채워준. 우리는 북역의 개리어 보관소에 짐을 맡기고 가볍게 파리를 배회하기로 했다. 정처 없이 걷다 길을 잃어도 괜찮은 이 도시에서 카메라와 렌즈, 무거운 장비로 가득한 30㎏에 육박하는 캐리어를 짊어진다는 건

좀 가혹하지 않은가. 일 년 반 만에 조우한 북역은 그 어느 때보다 붐볐다. 마침 프랑스는 공휴일과 주말이 징검다리로 놓인 연휴 기간이기도 했다. 오가는 사람들로 역사는 만원이다.

파리에서 길을 잃어도 괜찮은 이유는 길을 걷다 마주치는 일상이 새롭게 다가오기 때문이다. 낡은 상가 쇼윈도에 붙은 다양한 화폐에서, 약국 앞을 서성이는 달마시안의 호기심 어린 표정에서 일상의 세계가 확장되곤 하는 그런 곳이다.

투어 버스를 타고 파리와 한가로이 사랑에 빠지는 이들의 모습이 6월의 청량한 잎사귀 사이로 스친다. 우리에겐 5시간도 채 남지 않은 시간이, 지금 이 순간에도 흐르고 있는 모든 것이 벌써 그립다.

지난 여행에서 머물렀던 아파트의 초록색 파사드 대문도, 숙소 앞 마르세도 그대로다. 아케이드 유리창 너머 초여름의 무성한 녹음이 넘실댄다. 늦가을의 건조한 풍경과 사뭇 대조적이다. 여름은 모두를 설레게 한다. 텅빈 식탁에 앉아 한가로이 점심을 즐길 수 있다면 얼마나 좋을까. 『이상한 나라의 앨리스』의 미친 토끼처럼 시간에 쫓기는 묘한 분위기 속에서 다시 찾은 파리의 모든 것이 그립기만 하다. 일상의 관성이 단절된 듯 모든 것이 새롭고 낯설다.

겐트에서 2주간 매듭지어야 할 프로젝트가 그토록 부담이었을까. 여행자의 신분으로 파리를 여유롭게 거닐 수가 없다. 파리행 비행기를 놓칠 뻔한 어제의 일은 실제 하지 않았던 것만 같고, 지금 눈앞에 펼쳐진 여름의 파리는 환영처럼 스쳐 간다. 6월이 시작되는 첫날, 나는 아무 곳도 아닌 곳에서 흘러가는 시간을 붙잡고 뒷걸음치려 한다. 단지 태양이 뜨거웠던 탓일까? 북역에 도착해 보관소에 짐을 맡기고 나는 미리 챙겨 온 얇은 여름옷으로 갈아입었다. 그해 폭염 주의보가 처음으로 발효된 초여름이었다.

이대로 남쪽으로 더 내려가면 퐁피두 센터가, 지난 여행에서 머물렀던 숙소가, 새하얗게 반짝이는 센강이 흐르겠지만 우리는 이쯤에서 이봉 랑베르 서점이 있는 동쪽으로 방향을 틀어야만 한다. 그러다 마주한 꽃집의 별것도 아닌 토마토 모종에 시선을 빼앗겨 머뭇거린다.

여기서부터는 익숙한 길이다. 마레 지구에 가까워 오자 눈에 익은 레스토랑, 쇼윈도가 보인다. 파리 3구와 4구에 걸친 마레는 오랜 역사를 간직한 곳이다. 중세 무렵 성직자와 왕정에 의해 교회와 성이 구축되었고, 17~18세기 귀족들의 주요 주거지였다. 프랑스 혁명 뒤 2차세계대전이 종식되기까지 유대인들이 주거함에 따라 노동자와 수공업자들이 밀집한 상업지구로 변모했으며, 1980년대 LGBT 문화를 형성한 곳이기도 하다. 현재는 감각적인 젊은이들이 모여 최신 유행을 선도하는 등 파리의 핫 플레이스로 떠오른 지역이다. 아름다운 보주 광장을 중심으로 갤러리와 화랑, 라이프 스타일 숍, 서점, 카페와 레스토랑 등의 복합 문화공간이 밀집해 있다.

마레 지구 동쪽 끝에 위치한 이봉 랑베르에 도착했다. 서점엔 한껏 멋 낸 파리의 힙스터 연인이 자유분방한 분위기 속에서 데이트를 즐기고 있었다.

희귀한 종이에 실험적인 형태로 엮은 수₣제본 서적이 눈에 띄었다. 서점엔 팔기 위한 책이 아닌, 책을 위한 책으로 가득했다. 인쇄물의 천국이었다.

　파리의 서점에 자신의 책이 팔리고 있다면, 얼마나 환희로울까. 남편은 지난겨울 루아르강이 범람한 숲을 따라 기록한 우연의 기록을 『Loir』라는 제목의 사진집으로 펴냈다. 이봉 랑베르에서 남편의 사진집 세 권을 입고했고, 때마침 파리행 티켓을 끊은 우리는 서점에 들러 직접 책을 전달하기로 했다. 이메일을 주고받은 담당자와 짧은 인사를 나누고 사진집을 건넨다. 찬찬히 서점을 둘러볼 여유가 없다. 훗날을 기약하며 서점을 나선다. 시계는 오후 3시를 가리켰다. 북역으로 가기 위해 발걸음을 재촉해야 한다.

　마레 지구가 끝나는 북쪽 경계의 횡단보도 앞에 섰다. 신호를 기다리는 시간조차 따분하지 않은 도시. 횡단보도를 건너면 레퓌블리크 광장이 펼쳐진다. 오른손에 올리브 나뭇가지를, 왼손엔 '인간의 권리'라고 적힌 판을 든 혁명의 수호신 마리안*Marianne*의 엄호 아래사람들은 '혁명'을 기억한다. 구름이 비켜선 초여름의 태양이 대지를 뜨겁게 달구고 젊은이들은 맨살을 드러낸 채 스케이트보드를 달린다. 미디어의 홍수 속에서 유년기를 보낸 프랑스의 소년 소녀들은 자연스럽게 미국 문화를 향유한다. 그러고 보니 파리를 다시 찾은 1년 반 사이 북역에 미국의 햄버거 체인 〈FIVE GUYS〉가 문을 열었고, 공원에서 생일 파티를 하는 아이들은 스파이더맨과 아이언맨 마스크를 쓰고 피냐타 놀이를 즐긴다. 전통적인 문화 대국 프랑스와 신흥 문화 강국 미국의 대중문화 융합이 훗날 파리에 어떤 모습을 불러올지 궁금해졌다.

시계는 3시 30분을 막 넘겼고, 우리는 생마르탱 운하에 당도했다. 생마르탱 운하는 19세기 초 파리 시민들의 깨끗한 식수 공급을 위해 구축되었다. 지금은 관광객을 위한 유람선이 그 자리를 대신한다. 강둑을 따라 늘어선 가로수와 강물에 비친 잔영은 19세기 인상파 화가의 그림을 떠올리게 한다. 강둑에 앉아 낚싯줄을 강물에 담그고 느긋하게 입질을 기다리는 파리지앵, 나무 그늘에 기대 독서에 탐닉하는 젊은이, 더위에 지친 몸을 식히는 관광객, 바게트와 탄산음료로 늦은 점심을 때우는 누군가. 시간은 4시를 향했고 여기서 북역까지는 걸어서 20분 거리다.

여전히 수문이 작동하는 가교를 건너 빌르망 가든*Jardin Villemin*에서 쉬어가기로 했다. 브뤼셀행 기차는 오후 4시 40분 출발이고, 북역까지 걸어가는 시간을 제하더라도 우리에겐 약 30분의 여유 정도는 있다. 잔디가 펼쳐진 들판 위에서 맨살을 드러낸 채 피크닉을 즐기는 호사를 누리진 못해도 한낮의 뙤약볕을 피해 나무 그늘이 드리운 벤치에 자리를 잡는다. 프랑프리에서 쟁인 생수와 견과류, 유기농 당근 주스로 목을 축인다. 공원 저편에는 연휴를 맞아 피크닉을 즐기러 나온 파리지앵들이 소란스러운 기쁨을 즐기고 있다. 젊은 남녀가 와인 따개를 빌리며 서로 말을 트고, 젊은이와 늙은이가 세대를 초월한 이야기를 나눈다. 어린아이들은 불볕더위 속에서 생수 통에 수

돗물을 가득 채워 서로에게 퍼붓느라 쫓고 쫓기고, 독서에 빠진 누군가는 종이 사이로 펼쳐진 세계에 걸쳐 있다. 내리쬐는 태양 빛에 희미한 여운을 그리던 구름은 자취를 감췄고 상공을 가로지르는 비행기 꼬리도 증발했다. 6월이 시작되던 첫날, 서울도 이렇게 무더웠던가? 플라스틱 생수 통과 당근주스가 담겨 있던 유리병을 쓰레기통에 버리고 빌르망 가든 북쪽 문으로 나온 시간은 오후 4시. 길을 건너면 북역과 바로 인접한 동역이 나온다. 공사로 늘 어수선한 역사 주변. 무심한 듯 설치된 사진 작품이 눈길을 끈다.

동역에 들어서자 웅장한 규모의 그림이 시선을 압도한다. 분주히 움직이는 현대인과 그림 속 역동적인 군중의 모습이 묘한 대조를 이룬다. 미국 화가 앨버트 허터Albert Herter의 「Le Départ des poilus, août」의 1926년 작품이다. 1차세계대전 당시 동부 전선을 향해 떠나는 젊은이들의 모습이 생생하게 담겨 있다.

동역에서 도보로 5분 거리의 북역을 향해 걸어간다. 후미진 골목을 따라 높은 계단을 올라 뒷길로 들어서자 역사의 전경이 파노라마로 펼쳐진다. 유럽을 잇는 대동맥이 파리의 심장부로 수렴되고 있다.

북역에 도착했다. 짐 보관소에 맡긴 캐리어를 되찾고 게이트 앞에서 플랫폼 번호가 뜨길 기다리는 중이다. 탑승 시간과 열차가 시시때때로 변경되는 유럽 철도의 현장성은 익히 들어 알고 있다. 열차 출발이 임박해도 플랫폼 번호가 뜨지 않는다. 불과 3분을 남겨두고 40분 연착 소식을 알린다. 피로감보다 이렇게라도 파리에 40분간 더 머무를 수 있다는 안도감이 든다. 내가 이토록 파리를 사랑했었나? 열흘 뒤면 하지가 도래할 것이다. 파리에서 발가벗은 여름의 민낯을 목도하길 고대하며 브뤼셀행 기차에 오른다.

Yvon Lambert

14 Rue des Filles du Calvaire, 75003 Paris

이봉 랑베르 서점은 1966년 파리의 현대 미술관으로 문을 열었다.
동시대 빛나는 젊은 예술가를 발굴하고 지원을 아끼지 않으며 작품을
전시하는 데 중요한 역할을 도맡아 온 갤러리는 2014년 출판 사업에
전념하기 위해 미술관을 닫기로 하고 서점으로 새롭게 재탄생한다.
다양한 예술 서적, 전시 카탈로그, 절판 서적과 희귀한 책, 아트 포스터
등 한정판으로 제작된 인쇄물을 만나 볼 수 있다. 서점은 동시대
예술가들과 꾸준히 협업을 이어가는 구심적 역할을 하고 있다.
태생 자체가 미술관이었던 이봉 랑베르 서점은 그 자체로써 하나의 예술
작품이다.

Hébergement ment rustique, Art Déco à Montreuil

← ⋘ 몽트뢰유의 소박한 아르데코 숙소

마그리트의 새하얀 구름이 푸른 파스텔 빛 하늘을 솜사탕처럼 떠다니던 초현실적인 휴일이었다. 이번 단막극 배경은 파리 외곽의 몽트뢰유*Montreuil*다. 숙소는 지하철 9호선 로베스피에르역에서 5분 거리에 있다. 지극히 프랑스적인 고유 명사, 정치가 로베스피에르*Robespierre*와 소설가 에밀 졸라에 이끌려 파리 중심가에서 10km 가량 떨어진 시 외곽의 숙소를 충동적으로 선택한 터였다.

지하철과 연결된 에스컬레이터를 타고 지상으로 빠져나오자, 투명한 복사열이 거리 위로 쏟아졌다. 휴일을 맞이해 한껏 미소를 머금은 행인들의 새하얀 치아가 한여름 뙤약볕 아래 환하게 빛났다. 이곳엔 아르데코의 낭만과 퍽 다른 양상의 삶의 행태가 길 위로 펄떡이고 있었다.

풍부한 색감과 기하학적인 패턴 장식으로 쇼윈도를 꾸민 모로칸 스타일 인테리어 상점을 보았고, 토마토와 올리브를 듬뿍 집어넣은 알제리식 페이스트리 빵집을 지났다. 정체불명의 퓨전 음식을 파는 중국 음식점을 힐끗 들여다보았고 가판대 위로 차지키와 후무스, 쿠브즈가 가득 쌓인 레바논 음식점을 지나쳤다. 향신료로 뒤범벅이 된 양고기와 소고기가 꼬챙이째 쌓인 모로칸 레스토랑을 지날 땐 살짝 허기가 돌았다. 식당 안의 사람들은 쿠스쿠스를 먹고 있었다. 어떤 말리인은 유행하는 스포츠 브랜드 티셔츠를 단 10유로 안팎에 팔았다. 나는 하마터면 티셔츠 서너 장을 충동적으로 구매할 뻔도 했다. 거리엔 우퍼 진동음이 간헐적으로 울리는 프렌치 힙합 사운드가 흘렀다. 카페에서는 아랍인들이 대낮부터 물담배를 피우고 있었다. 로베스피에르역에서 에밀 졸라 거리로 진입하기까지 불과 걸어서 3분 안에 펼쳐진 풍경이다. 전 세계로 퍼져나간 중국인 화교, 프랑스 식민 역사를 간직한 아프리카 북부의 알제리와 모로코, 그리고 레바논까지. 여긴 프랑스 땅이지만 프랑스가 아닌 곳이다. 이 거리 위로 21세기의 코즈모폴리탄들이 잔뿌리를 뻗어가고 있었다.

알베르 카뮈의 글 속에 넘쳐흐르는 발가벗은 풍요가 바로 눈앞에 있다. 압생트 향기와 붉은 제라늄의 원색적인 아름다움이 눈이 멀어버릴 듯한 태양 빛 앞에서 산산조각이 난다. 알제리의 정취가 코끝에 맴돈다. 그럼에도 불구하고 도시의 풍요 속 빈곤은 원초적인 감각을 충족시키지 못한다. 눈앞에 두고 지나칠 수밖에 없던 건, 늘 동경해 오던 지중해의 향기가 '기술 복제화' 되어버렸다는 느낌을 지울 수 없었기 때문이다. 이주민 문화는 프랑스 현지의 삶과 뒤섞여 버렸다. 훗날을 기약하며 어수선한 거리를 벗어난다.

숙소는 1930년대 지어진 전형적인 아르데코 양식 아파트였다. 건물 외곽에 벽돌로 장식한 네모반듯하며 완벽한 대칭 구도의 격자무늬가 아르데코의 건축 유산을 대변하고 있었다.

1차세계대전이 끝나고 파리에 모인 사람들은 샴페인을 마시며 블루스 선율에 몸을 맡겼다. 에디트 피아프*Edith Piaf*를 따라 불렀으며 그들의 무의식은 마르셀 프루스트*Marcel Proust*를 좇아 잃어버린 세계로 향했다. 코코 샤넬은 모든 여성에게 아름다움을 선사했으며 신여성은 마침내 코르셋을 벗어 던졌다. 장 콕토*Jean Cocteau*와 피카소, 이고리 스트라빈스키*Igor Stravinsky*가 살롱에 모였고 르코르뷔

지에의 모던한 건축물이 신고전주의로 물든 구시대에 방점을 찍었다. 저물어 가는 세계를 향한 탐욕의 황무지 속에서 아르데코 양식이 태동했다. 자고 일어나면 하룻밤 사이 모든 것이 달라지는 격동의 시대. 사람들은 단순하고 직선적인 디자인에 기댔다. 신흥 부자들은 오직 소비와 쾌락에 탐닉했다. 아르데코 사조는 정작 그 배경에 아무런 내용이나 본질이 없는 텅 빈 양식을 표면적으로 취합한 취향의 절충에 불과했다. 그 허황한 탐욕은 경제 대공황과 2차세계대전 속으로 맥없이 사라져 갔다.

오래된 집에는 일상의 역사가 중첩되어 있다. 숙소에 들어서자 알 수 없는 무료함이 몰려온 까닭은 이 집이 아르데코 양식의 역사적 배경을 품고 있기 때문이었을 것이다. 지난 여행에서 묵었던 10구와 2구의 숙소는 세기말의 설렘으로 가득했다. 벨 에포크를 향한 장밋빛 희망이 깃들어 있었다. 모든 것이 풍요로웠고 세상은 아름다웠다. 머지않아 전쟁과 불황이 세상을 집어삼켰고, 사람들은 평온한 일상을 되찾길 원했을 것이다. 이 아파트에는 수요자의 욕망과 취향을 의식한 과도한 장식도 없고 건축가의 정체성 또한 찾을 수 없다. 다만 시대상이 드리운 공허와 일상의 성역을 지속하고자 하는 작은 염원이 묻어날 뿐이다. 이른 아침이면 뱅센 숲에서 날아와 귓불을 간지럽히는 새들의 지저귐이 그랬고, 사방에서 울리는 층간 소음은 고요하게 다가왔다. 맞은편 학교에서 온종일 퍼지는 아이들의 소리는 단 한 순간도 신경을 거스르지 않았다. 온갖 사소한 소음으로 포위된 이곳에서 무료한 일상을 언제고 영위할 수만 있다면 두렵거나 외롭지 않을 것 같았다. 아무리 전운이 감돈다 해도, 아무리 대공황이 닥친다 해도.

문득, 서울의 집이 떠올랐다. 나의 집 또한 1930년대에 지어진 곳이다. 일제 강점기에 탄생한 피식민 국가의 주거 양식은 어떤 시대정신을 대변하고 있을까. 일본식 가옥이 하나둘씩 조선의 땅 위로 솟아오를 때, 근대식 건축 자재를 도입해 한옥을 실용적으로 개조한 '도심 거주형 개량 한옥'이 사대문 안팎을 시커먼 기왓장으로 뒤덮었다. 마치 지금의 고층 아파트가 거대한 산세를 형성하듯 말이다. 현재 일부 거주 지역만이 보호 구역으로 지정되어 남아 있지만, 당시 도심 주거형 개량 한옥을 보급하는 데 기여한 정세권은 애초에 알고 있었을 것이다. 공간이 삶의 행태를 규정한다는 사실을. 비록 전통의 양식을 벗은 개량 한옥이지만 피식민 조선인들은 그곳에서 뿌리 깊은 일상의 역사를 이어왔다.

우리가 사흘간 묵을 곳은 파사드 정면을 향한 3층이었다. 현관문을 열면 왼쪽부터 차례로 침실, 화장실, 거실, 주방, 서재가 각진 부채꼴 모양으로 펼쳐졌다. 여름의 투명한 백색 새벽빛이 침실 창가를 비추면 하루가 시작되곤 했다. 빛은 차례로 화장실과 거실, 주방, 두 번째 방을 거쳐 현관문을 돌아나간다. 해 질 무렵 새하얀 현관문이 복숭앗빛으로 물들 때면 나의 그림자 거울이 되곤 했다. 이곳에도 역시 시공 후 한 번도 교체하지 않은 듯한 오래된 마루가 깔려 있었는데 걸을 때마다 삐걱거리는 소리가 났다.

해 질 녘 서측 창가로 새어 들어오던 노란빛을 기억한다. 영화의 창시자 뤼미에르 형제*Les frères Lumière*가 왜 몽트뢰유 태생인지, 미술과 영상의 경계에서 격동하는 세계에 맞선 조르주 멜리에스*Georges Melies*가 '빛의 연금술사'라 불렸는지, 몽트뢰유에서 먹은 복숭아 맛을 왜 잊을 수 없는지, 마침내 이곳이 왜 '황금의 땅'이라 불렸는지, 그 노란빛을 보면 모든 게 이해될 것이다. 창밖 거리엔 원색 꽃무늬 패턴의 드레스를 입고 터번을 두른 알제리의 여인들과 폴 푸아레*Paul Poiret*의 튜닉을 입고 클로슈*Cloche* 모자 아래 보브 헤어를 한 플래퍼룩의 신여성이 교차한다. 멜리에스의 미장센으로 그려진 뤼미에르 영상이 복숭아나무로 뒤덮인 붉은 벽돌 밭 배경으로 펼쳐진다.

L'été le plus généreux

파리로 다시 돌아와 숙소에 짐을 놓고 어디든 나갈 계획이었다. 태양이 가득한 여름의 파리와 회심의 데이트를 하고 싶었다. 원래대로라면 정오 무렵 몽트뢰유 숙소에 짐을 내려놓고 주변을 산책하며 알제리 혹은 레바논 레스토랑에 들러 이국적인 점심을 즐겼을 것이다. 하지만 겐트에서 파리로 돌아오는 길목에서 기차를 놓치는 바람에 시간을 지체했고, 그러는 사이 우린 너무 지쳐버렸다.

숙소에 짐을 풀고 가장 먼저 한 일은 냉장고를 가득 채우는 것이었다. 그날은 토요일이었고 대한민국 청소년 국가대표팀의 U-20 청소년 월드컵 결승전이 있는 날이었다. 서울에서 축구 경기가 있는 날이면 우리는 으레 치킨에 맥주를 곁들여 경기를 관람하곤 했다. 파리 중심부와 10km 떨어진 고립감은 우리를 일상에 머무르게 했다. 길 건너엔 프랑스 굴지의 대형 마트가 보란듯이 자리하고 있다. 만물이 가지런히 진열된 세계로 뛰어들어 일상을 누리기로 한다. 규격화된 프랜차이즈 풍경은 이곳이 서울인지, 프랑스인지 헷갈리게 한다.

가판대 위로는 여름이 만개했다. 하지 무렵 프랑스 전역에서 모인 과일이며 채소, 허브가 흘러넘친다. 원하는 만큼 비닐에 담아 전자저울에 무게를 다는 방식도 여느 대형마트와 같다. 다만 우리는 프랑스 말을 읽을 수 없을 뿐. 저울 앞에 서서 우물쭈물하는 우리의 모습을 가엾이 여긴 한 노인이 다가온다. 과일은 여길 누르는 것이고, 야채는 저렇게, 허브 카테고리는 그렇게 찾아 들어가면 된다며 차근차근 설명해 준다. 작동법을 금세 익힌 우리는 장바구니가 터질 듯 과일과 야채를 옮겨 담는다. 노인은 요거트 한 팩을 들고서 시야에서 유유히 멀어져 간다.

부셰리 코너에 들러 그램 단위로 포장된 소고기를 고르고, 닭 다리 살을 장바구니에 얹는다. 생선 코너도 지나치지 않고 흰살생선을 담는다. 쇼케이

L'été le plus généreux
가장 풍요로운 여름: 프랑스의 제철 식재료

스에 소포장되어 보기 좋게 진열되어 있기에 상인과 의사소통을 할 필요가 없다는 사실은 여행자에게 꽤나 다행인 셈이다. 서울에서 쉽사리 찾아볼 수 없던 오리 가슴살도 호기심에 이끌려 손을 내민다.

이번엔 가공식품 차례다. 프랑스에선 빵과 치즈, 햄과 버터를 고를 때 신중을 기할 필요가 없다. 적당히 고른 것일지라도 기본적인 맛에 충실하기 때문이다. 후식으로 먹을 콩포트 요거트와 크렘브륄레도 잊지 않는다. 소금과 후추, 향신료, 타르틴 스프레드 벙조림도 챙긴다. 세계 음식 박람회에 온 듯한 이국적인 식재료 코너가 흥미롭다. 다양한 인종이 모여 사는 몽트뢰유의 지역색이 고스란히 녹아 있다. 고추가 주재료인 칠리 페이스트는 가장 붉고 가장 입자가 고운 것으로 골라 담는다. 고추장 대용의 비상식이다.

내추럴 와인을 물처럼 마셔대느라 위산 과다증을 호소한 남편은 당분간 와인을 멀리할 기세다. 진열대에 끝없이 늘어선 와인은 안중에도 없다. 대신 생수와 오랑지나, 블랑 맥주를 챙긴다. 와인이 아니라도 프랑스적인 맛을 들자면 단연코 오랑지나와 블랑이다. 오랑지나의 샛노란 청량함은 여름 그 자체다. 여름 속에 만개한 온갖 허브의 아로마 향이 알루미늄 캔 속에서 피어오른다.

마지막으로 로티세리로 향한다. 저녁 식사 시간이 다 되었고, 풀레는 단하나가 남았다. 프랑스인이 휴일 저녁 즐겨 먹는 음식이 풀레라는 사실을 하마터면 잊을 뻔했다. 마지막 남은 풀레를 포장해 장바구니에 담는다. 프랑스인이 식사에 반찬처럼 곁들이는 라페도 잊지 않는다.

+ 아름다운 현실

르네 마그리트의 「아름다운 현실」이 떠올랐다. 통상 식탁 위로 사과가 놓여
있어야 하지만, 마그리트는 사과 위로 식탁을 얹었다. 여름의 풍요를 식탁
위로 펼쳐놓은 그때, 나의 태도는 다소 과장되어 있었고 이 아름다운 계절
의 공감각을 뜨거운 태양 빛 아래 땅속 양분을 흠뻑 머금은 대지의 결실로
기억하고 싶었다. 나의 아름다운 현실은 식탁이 여름의 풍요를 받드는 것이
아닌, 여름의 풍요가 식탁을 짊어지고 있는 풍경이었다.

+낯선 향연

여행지에서 낯선 식재료를 만나면 시식을 꺼리지 않는 편이다. 아티초크는 언젠가 한 번쯤 경험해 보고 싶은 맛이었다. 꽃이 피기 전, 꽃대 밑동의 비늘 모양의 조각을 먹는다. 식용으로 수확할 수 있는 아티초크 총포를 식용으로 수확할 수 있는 적기는 소만과 망종 사이다. 하지가 지나면 보랏빛 꽃이 피기 때문이다. 끓는 물에 총포를 데쳐 꽃잎을 뜯어내듯 조각난 아티초크 밑동의 전분을 갉아 먹는다. 난생처음 접한 식재료를 어설프게 어루만져 보았으나, 혀끝에 닿는 맛은 결국 전분의 맛이었다. 경험치를 보물로 삼으니 헛된 일은 결코 아니다. 여름이면 자줏빛 두상화를 피우는 아티초크의 화려한 퍼포먼스가 오히려 내 마음을 사로잡았을 것만 같다.

와일드 아스파라거스 또한 이번 여행에서 처음 접한 식재료다. 마와 토란 따위에서 흘러나오는 진액 성분과 비슷한 액체를 머금고 있다. 생김새는 고사리 줄기처럼 가늘어 기름에 살짝 볶기만 해도 어떤 메인 요리와도 잘 어울리는 가니시가 된다.

프랑스에 오면 엔다이브를 꼭 챙겨 먹는다. 서울에서 파는 것에 비해 반의반도 안 되는 값에 구할 수 있기 때문이다. 타르틴 스프레드가 남은 김에, 엔다이브 잎을 크래커 삼아 얹었다.

래디시는 요리의 스펙트럼이 넓지 않은 편인데, 이곳에서 소금이 씹히는 버터에 찍어 먹는 방법을 배웠다. 부드러운 버터에 녹아드는 아삭한 순무의 식감이 의외의 조화를 이룬다.

+ 식탁 위의 기쁨

2주간 겐트에 머무르며 접한 벨기에 식문화가 자연스럽게 이어지고 있었다. 풀레를 먹고 남은 닭 가슴살을 잘게 찢은 뒤, 채를 썬 양배추와 당근을 넣고 커리 가루를 넣은 마요네즈 드레싱과 섞는다. 파슬리 잎도 잘게 찢어 넣는다. 버무린 재료를 빵과 곁들인다. 겐트에서 자주 먹던 음식이다. 구운 아스파라거스에 스크램블드에그를 끼얹는 요리는 리스강을 낀 벨기에 북동부의 한적한 부촌에서 먹었던 기억을 떠올렸다. 소만과 하지 사이 잠깐 수확하는 흰 아스파라거스에 달걀을 올린다. 오랑지나를 곁들이고, 후식으로 먹을 크렘브륄레도 준비한다. 식탁은 노랗게 물들었다. 치킨 커리 오픈 샌드위치, 스크램블드에그 아스파라거스, 오랑지나, 크렘브륄레, 공교롭게 모두 노란색을 띤다. 여름의 감각이 노란색 기쁨으로 넘친다. 삶의 조각이 일정한 방향으로 수렴될 때마다 나의 결정론적 세계관은 더욱 견고해진다.

+ 타르틴

타르틴은 빵 위에 각종 재료를 얹어 먹는 프랑스식 오픈 샌드위치다. 재료의
조합이 무궁무진하므로 레시피 또한 정해진 것이 없다. 병조림 속의 타르틴
스프레드를 캉파뉴에 펴 발라 가공된 것과 날것의 조합을 맛볼 생각이다.
세 개의 병 속엔 각각 가지, 토마토, 올리브를 주재료로 한 응축된 맛이 담겼
다. 가지 스프레드를 펴 바른 타르틴 위로 구운 가지와 브리 치즈를 얹는다.
토마토 스프레드 위에는 당연히 토마토. 마지막으로 리코타 베이스의 올
리브 바질 페이스트를 바른 타르틴에는 실험 삼아 안초비를 얹어 본다. 맛의
세계를 마음껏 펼칠 수 있는 타르틴의 세계에 첫발을 디딘 순간이었다.

Exposition des Morts

← ⋘ 죽음의 전시장: 페르 라셰즈 묘지

몽트뢰유는 초행길이 아니다. 두 해 전, 벼룩시장을 방문하기 위해 이곳에 온 기억이 떠올랐다. 벨 에포크와 아르누보, 아르데코의 흔적이 깃든 보물을 찾기 위해 호기롭게 몽트뢰유 벼룩시장을 찾았건만, 대량생산 복제품이 한가득 쌓인 도떼기시장을 연상케 하는 혼잡스러움에 적잖은 실망감을 안고 돌아온 것이다. 여행자의 시선으로 기록을 남기려 카메라를 들었지만 시장 상인에 의해 곧 제지당했던 일, 허기를 달래기 위해 설탕을 묻힌 밀가루 튀김을 단 1유로에 사 들고 남편과 나눠 먹으려다 바닥에 떨어뜨린 것까지.

기억의 영속성은 몽트뢰유 벼룩시장을 지나치게 했다. 페르 라셰즈 묘지 *Cimetière du Père Lachaise*에 가기 위해 시장을 가로질러야 했지만, 뒷길로 우회한 것이다. 이윽고 외곽 순환 도로가 나타났다. 순환 도로를 경계로 파리와 파리 외곽의 도시가 경계 지워진다. 하늘엔 마그리트의 구름이 두둥실 떠다닌다. 페르 라셰즈 묘지까지는 걸어서 1시간 거리다. 걷다가 지치면 인근 공원에 앉아 쉬기를 반복했다. 방학식을 마친 파리의 초등학생들이 공원에 모여 생일파티를 만끽하는 중이다. 성당 앞은 결혼식을 마치고 나온 하객들로 소란스러웠다. 여름의 파리, 일요일을 맞은 흔한 풍경이다.

우리는 작은 공원과 연결된 페르 라셰즈 묘지 뒷문으로 들어갔다. 드넓은 공원 입구엔 각자 흠모하는 죽음을 찾을 수 있도록 모형도와 번호로 지도를 그려놓았다. 나는 세 사람을 꼽았다. 쇼팽과 짐 모리슨*Jim Morrison* 그리고 오스카 와일드*Oscar Wilde*. 그들을 만나기 위해 내가 알고 있어야 할 것은 아름다운 피아노 선율도, 현란한 신디사이저 사운드도, 위트와 번득임으로 가득한 경구도 아닌, 오로지 숫자뿐이었다. 어딘가 헛헛한 마음을 붙잡고 오스카 와일드 묘로 향한다. 그러는 사이 인파에 둘러싸인 한 지점에 발길을 멈춘다. 붉은 만데빌라꽃에 파묻힌 에디트 피아프는 여전히 살아 있는 듯 사람들의 기억 속을 거닌다.

Exposition des Morts
죽음의 전시장: 페르 라셰즈 묘지

청소년 네 명이 나란히 묘지를 걸어간다. 생의 기쁨이 흘러넘치는 젊음과 사방에 널린 죽음, 푸른 하늘과 시커먼 땅이 대조를 이룬다.

거대한 날개를 펼치고 허공을 향해 수직으로 뻗어나가는 스핑크스 형상의 묘비 앞에 선다. 오스카 와일드의 무덤이다. 아름다움을 사랑한 유미주의자, 뛰어난 언변과 유연한 사고로 찬양과 혐오의 수식어를 동시에 달고 다닌 천재 문학가, 금기된 사랑을 탐하다 파멸에 이른 시대의 불운아. 스핑크스로 분한 오스카 와일드가 속삭인다. "너의 모든 기억을 읊어줘."

오스카 와일드의 무덤은 투명 보호벽이 설치되어 가까이 다가설 수 없었다. 묘비에 키스 자국을 남기는 사람이 너무 많아 2011년 보호 조치 된 뒤다. 그럼에도 묘지 주변은 그를 기억하는 사람들이 남기고 간 팬레터로 가득했다. 공작새 깃털처럼 아름다움으로 점철된 삶을 살았지만, 평온한 안식을 끝내 찾지 못한 오스카 와일드의 시니컬한 목소리가 들리는 듯했다. "세상은 무대다. 단지 잘못된 배우들이 하는 연극이다."

쇼팽의 무덤 앞에 섰다. 그의 생전 얼굴이 상앗빛 대리석에 프로필로 조각된 묘비석은 그가 남긴 피아노 선율처럼 유약하며 아름다웠다. 나는 이제 막 연주회를 마치고 사인을 받기 위해 줄 선 열혈 팬처럼 천천히 그의 무덤을 한 바퀴 돌았다. 죽은 자는 말이 없다. 온기도 없다. 플랫의 마이너 세계에서 샵의 메이저 세계로 전조될 때 제자리를 찾지 못하고 악보 사이를 떠도는 망령의 음표를 어떻게 되돌려 놓는지, 「prelude no.13」에서 전조된 이후 오른손의 첫 터치는 무엇을 어루만지는 느낌으로 내려 칠 것인지, 산 자는 잡념으로 가득하고 죽은 자는 텅 비어 있을 뿐이다.

마지막으로 찾은 짐 모리슨의 무덤. 태우다 만 담배꽁초, 조잡한 선물, 망가진 조화 등 그를 기억하는 사람들이 각자의 방법으로 자신의 사랑을 무덤 앞에 던지고 떠났다. 그때, 무덤가를 배회하던 미친 남자가 짐 모리슨의 무

Exposition des Morts
죽음의 전시장: 페르 라셰즈 묘지

French not French
여름의 파리

덤으로 생수 통에 담긴 물을 뿌려대며 고성방가를 질렀다. 내게도 물방울이 튀었다. 순간, 「Light my Fire」의 신디사이저 반주가 경쾌하게 울리며 지혜의 문이 열렸다. 죽은 자 앞에 선 나는 그저 현재를 살아갈 뿐이다.

모든 것이 산산조각 날 것만 같던 십 대 시절. 방황하던 내 영혼을 붙잡아준 것은 문학과 록 음악 그리고 쇼팽의 피아노 선율이었다. 그토록 흠모하던 나의 페르소나를 눈앞에 두고 꽃 한 송이도 헌화하지 못한 채 황급히 묘지를 떠난 것은 페르 라셰즈를 너무 늦게 찾아왔거나, 여름날의 날씨가 너무나도 화창했기 때문이다.

대학 시절, 한 강의에서 묘비명과 유서를 작성해 제출하는 과제가 있었다. 얼마나 매력적인 과제인가. 글을 써 내려갈 충분한 시간이 주어졌지만 나는 끝내 과제를 완성하지 못했다. 일말의 변명으로 단 한 문장의 글귀만 써냈다. "생에 대한 의지가 너무 강한 탓에 유서를 써 내려갈 수가 없습니다. 비록 이 모든 것이 헛될지라도 저는 삶을 지속해 나갈 것입니다."

나에게 죽음은 여전히 낯설다. 서울에서 우리를 기다리고 있을 고양이들의 감촉이 너무도 그립고, 뒷산에 봉긋이 솟은 할아버지 무덤 위로 산들바람에 들풀이 나부끼고 있을 고향의 여름이 눈에 선하다.

벤치 양 끝에 걸터앉은 젊은 남자와 젊은 여자 사이로 여름의 빛이 내려앉았다. 역광에 반사되어 형광으로 빛나는 초록이 파도쳤다. 눈앞엔 작고 예쁜 꽃이 어른거렸다. 나는 이 거대한 죽음의 전시장에서 생의 기쁨을 찾아 무의식적으로 시선을 돌리고 있었다. 우리는 서둘러 페르 라셰즈 묘지를 빠져나왔다. 들어올 때는 후문이었지만 나갈 때는 정문이었다.

Paradis parisien

← ⫷ 파리지앵의 지상 낙원: 뱅센 숲, 파리 동물원

파리 서쪽의 불로뉴 숲, 도심 속 공중 정원 프롬나드 플랑테, 기차가 떠나간 자리에 남은 프티 생튀르. 파리의 자연 친화적인 도시 재생 사업은 늘 현재 진행형이다. 도처에 녹음이 우거진 파리에는 오래전부터 존재해 오던 지상 낙원이 있었다. 동쪽의 뱅센 숲. 왕정 시대 출입이 통제된 비밀의 영역이었지만 지금은 누구나 자유롭게 드나들 수 있다. 시테섬이 파리의 심장이라면, 뱅센 숲은 파리의 폐부이자 파리지앵의 지상 낙원이다.

누구에게나 비밀의 공간이 필요하다. 공명이 필요하다. 인간과 신이 공존하는 소도의 영역을 곁에 두어야 한다. 나는 서울 북악산 자락의 백석동천을 공공연한 비밀의 정원으로 삼곤 했다. 지금은 누구든 손쉽게 오갈 수 있는 곳이지만 조선 시대까지 민간인의 출입이 엄격히 통제된 제한 구역이었다. 조선의 궁궐이 관유지였다면, 창의문 북쪽 땅은 왕가의 은밀한 사유지였던 셈이다. 주춧돌 기단과 터만 남은 백석동천은 조선의 문인들이 자연 속에서 사색과 풍류를 즐기던 공간이었다. 과거의 영광이 폐허로 변한 텅 빈 공명이 건네는 속삭임은 황홀하다. 과거와 현재가 교차하며 신과 인간이 공존한다.

드넓은 뱅센 숲 어딘가 한 구역쯤 나만의 것으로 품기 위해 짧은 모험을 내디딘다. 청명한 하늘엔 구름이 빠르게 지나가고 초록 물결이 일렁이는 호수엔 백조가 짝을 지어 다닌다. 여름의 생기로 녹음을 확장해 가는 숲에서 인간은 그저 조연에 불과하다. 곳곳에 자리를 잡고서 한가로운 한때를 보내는 파리지앵들은 이미 자신만의 비밀의 정원을 찾은 것일까? 오솔길을 따라 인적이 드문 숲속으로 발길을 옮긴다. 사람들은 각자의 방식대로 숲을 사유화하고 있었다. 무자비한 여름의 태양에 굴복하지 않고 뙤약볕이 내리쬐는 풀숲에 앉아 생의 기쁨을 만끽하는 젊은이들, 강아지를 데리고 같은 산책로를 수만 번은 넘도록 오갔을 노부부의 올곧은 일상성, 호수 한가운데 멈춰 선 보트 위에서 선상의 달콤한 데이트를 즐기는 연인. 결국 나는 비밀의 정원을 찾지 못하고 새하얀 꽃망울을 성운처럼 머금은 엘더플라워 앞에서 발길을 돌렸다. 언젠가 이 도시에 마음속 깊은 곳에 체화된 공공연한 비밀의 공간이 내 앞에 열리길 바라며.

뱅센 숲의 방대한 규모에 압도되어 공원을 벗어나려던 순간, 눈앞에 돌산이 나타났다. 파리에서 산은 커녕 언덕을 마주한 일조차 없는데 돌산이라니! 파란 하늘 위로 붕 떠 있는 웅장한 바위를 마주하자 순간 마그리트의 환영이 덮쳤다. 르네 마그리트의 「피레네의 성」. 우리는 거대한 바위를 두 눈으로 확인하기 위해 그 실체 앞으로 다가서고 있었다.

고급 빌라가 즐비한 거리를 따라 파리 자연사 박물관 앞을 지날 즈음이었을까. 철조망과 풀숲에 가려진 바위산이 시야로 점점 확장되어 왔다. 바위산의 정체는 파리 12구 뱅센 숲에 위치한 뱅센 동물원*Vincennes Parc Zoologique de Paris*의 랜드마크였다.

혹서기에 접어든 날씨에 동물들은 본능적으로 음지를 파고들었다. 어린아이가 한 손에 든 아이스크림은 복사열에 녹아내려 리히텐슈타인의 「행복한 눈물」처럼 아스팔트 바닥을 향해 뚝뚝 떨어지고 있었다. 그늘진 곳을 찾아 몸을 식히는 동물과 나무 그늘 아래 앉은 사람들. 볕을 피하기 위한 본능은 인간과 동물에게 동등했다. 적어도 이곳에서는 동물의 시선을 투영한 인간의 무지와 탐욕이 떠오르지 않았다. 자연스럽게 조성된 관람 동선을 따라 구석구석을 들여다볼수록 동물원 생태계를 자연 친화적으로 디자인한 고심의 흔적이 돋보였다. 광활한 초원을 연상케 하는 넓은 공간으로 각자의 영

Paradis parisien
파리지앵의 지상 낙원: 뱅센 숲, 파리 동물원

역을 수호하고 있는 동물들은 평온함 속에 갇힌 듯했다. 권태에 휩싸일지언정 불행과 행복을 가늠하지 않아도 되는 낮낮한 나날들. 인간은 동물 가까이 다가설 수 없고, 그들도 인간에게 곁을 내어 주지 않는다. 먼발치에서 서로의 존재를 어림짐작할 뿐이다. 우리는 어느새 어린아이로 되돌아가 호기심 가득한 얼굴로 서로를 바라보며 깔깔대고 있었다. 파리에서 느낀 가장 순수한 행복이었다.

무더위에 지쳐갈 무렵 거대 돔이 나다났다. 열대 기후를 조성해 놓은 식물원이었다. 온습한 공기가 턱밑까지 차오르며 숨이 멎을 듯했다. 살바도르 달리의 초현실이 눈 앞에 펼쳐진다. 하늘 위로 형광으로 빛나는 홍학이 거대한 날갯짓을 펄럭이고, 뱀과 개구리가 투명한 유리창을 사이에 두고 이웃한다. 할아버지 손을 꼭 붙잡은 어린 소년의 두 눈은 구슬처럼 반짝인다.

Parc Zoologique de Paris

Avenue Daumesnil, 75012 Paris

1934년 개장한 뱅센 숲 동물원. 통상 파리동물원 또는 뱅센 동물원으로
불린다. 국립 자연사 박물관이 있는 12구와 근접하다. 14.5 헥타르에
이르는 방대한 넓이로 동물의 행동 양식을 관찰하기 위해 더욱
환경친화적으로 만들어졌다. 65m 높이에 달하는 인공 바위는 개장과
동시에 동물원 트레이드마크가 되었다. 4000m²에 달하는 열대 우림
그린 하우스를 포함하고 있다

Versailles

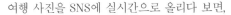

여행 사진을 SNS에 실시간으로 올리다 보면, 현지 사람들과 연이 닿곤 한다. 몽트뢰유 숙소에 짐을 풀고 있을 무렵, 베르사유에 거주하고 있는 마담 K로부터 메시지가 도착했다. 그녀는 노마드처럼 전 세계를 유랑하다 10여 년 전 베르사유에 정착했다. 우리는 그녀의 향수병을 덜어주기 위해 고국의 먼지를 싣고 베르사유행에 올랐다.

기차는 베르사유 궁전을 방문하려는 관광객으로 가득했다. 열차가 출발하자 반도네온을 든 뮤지션이 능숙한 솜씨로 화려한 선율을 뿜어내며 여행자들에게 파리의 낭만을 선사했다. 열차는 센강을 따라 시 외곽으로 빠져나갔다. 파리가 점점 희미해지더니 마천루 빌딩이 치솟는다. 이윽고 장미 덩굴을 따라 돌집, 흙집, 목조주택 따위가 옹기종기 모인 고즈넉한 마을이 불쑥 나타난다. 흐르는 창밖 풍경에 심취해 있을 무렵, 열차는 베르사유역에 도착했다.

우리는 프랑프리 앞에서 마담 K를 기다렸다. 아무런 단서조차 없음에도 마담 K와 우리는 한눈에 서로를 알아볼 수 있었다. 원초적 본능, 아니 원초적인 그리움이 아니었을까. 바퀴가 달린 장바구니를 끌고 서서히 다가오는 마담 K. 첫 만남이었지만 마치 오랜 지인과 회포를 풀듯 그녀와 나는 서로를 얼싸안았다. 때마침 오일장이 열리는 날이었다. 베르사유 중앙 성당 광장에는 매주 화요일과 금요일에 장이 선다. 제철을 맞은 풍성한 먹거리와 프랑스 전역에서 올라오는 지역 특산품과 수공예품 등 먹거리와 볼거리가 가득하다. 하지가 도래하기 전, 대지의 풍요를 오롯이 머금은 반짝이는 과일이며 파릇한 채소가 유혹의 손길을 뻗는다. 마담 K는 여름의 속살을 머금

Versailles
베르사유

은 체리 두 개를 꼭지째 집어 들고 내 귀에 갖다 댄다. 제철 귀걸이란다. 남편은 그 모습을 사진으로 담는다. 맑은 햇살처럼 간지러운 웃음소리가 시장에 울려 퍼진다. 마담 K는 한 치즈 가게 앞을 서성이던 나에게 콩테 치즈 한 조각을 거침없이 주문한 뒤 선물이라며 건넨다. 서울로 돌아가 베르사유의 온기가 가득 담긴 이 치즈를 과연 먹을 수 있을까?

순식간에 장이 파하고, 우리는 파라솔 그늘이 드리운 노천카페에 앉아 못다 한 이야기를 나누었다. 그녀는 솔직함과 열정, 그리고 사랑으로 가득했다. 베르사유 어딘가에서 유쾌한 한국말이 퍼져나가고 있었다.

베르사유 궁전 앞은 마치 슈퍼스타의 콘서트장에 온 듯한 인파로 북적였다. 그야말로 세계 각지에서 몰려온, 남녀노소를 가리지 않는 유명세였다. 그늘이 없는 광장에 줄을 선 채 입장 순서가 돌아오기만을 하염없이 기다려야 했다. 가방에 샌드위치가 없었더라면 푯값을 과감히 버리고 파리로 돌아갔을지도 모른다. 때마침 구름에 해가 가려 뜨거운 직사광이 누그러들었고, 샌드위치를 해치운 포만감에 한결 여유가 생겼다. 영원히 줄어들지 않을 것 같았던 사슬을 끊고 마침내 베르사유궁으로 진입했다.

밀집된 인파에 우리는 본능적으로 한 초등학생 무리를 뒤쫓았다. 10여 분을 따라갔을까. 바로크와 로코코 양식의 요소는 아무리 둘러봐도 눈에 띄지 않고, 현대식으로 리모델링한 공간이 나타난다.

초등학생들은 짐 보관소에서 가방을 챙겨 유유히 궁을 빠져나간다. 우리도 그들과 함께 덩달아 궁전을 나온다. 때는 이미 늦었다. 운영 방침상 재입장은 허락되지 않는다. 영락없이 파리로 돌아가게 생겼다. 이번 여행의 일관된 테마는 길을 잃는 것이 확실하다. 인천 공항에서 파리로 오는 비행 편을 놓칠 뻔한 일, 겐트에서 파리로 돌아오는 기차를 놓쳐버린 일, 그리고 베르사유 궁전 투어를 최단시간에 끝낸 것까지. 나는 프랑스인의 관용 정신을 굳건히 신뢰하며 궁전 관리인에게 다가섰다. 처음엔 고개를 흔들더니, 나의 간절한 호소에 어쩔 수 없다는 듯 다시 들여보내 준다. 아, 톨레랑스여!

베르사유 궁전에 대한 내 기억은 오로지 인파에 머물러 있다. 후광을 상실한 절대 왕정의 찬란한 유산 따위는 인산인해를 이루는 인파에 비할 바가 안 된다. 유명세를 향한 뭇 사람들의 공통된 관심사에 알 수 없는 인류애가 샘솟았다. 베르사유 궁전에서 얻은 것은 '부대끼는 삶'과 '관용의 정신', 두 가지였다.

L'heure
d'été
à
Paris

←—⫻ 파리의 서머타임

어김없이 비춰오는 뜨거운 태양 빛과 대서양의 해풍을 머금은 습윤한 대기층은 계절을 한여름 속으로 내몰고 있다. 이토록 축복받은 시절에는 기상이나 취침 시간조차 혼란스럽다. 한여름 밤의 짧은 꿈을 꿀 정도만 수면을 취해도 충분하다. 매일 축제가 연상되는 나날 속에서 깨어 있는 순간조차 아쉬울 뿐이며, 흘러가는 시간을 붙잡지 못해 어찌할 바를 모른다.

우리는 파리 중심가를 활보하고 있다. 파리를 떠나기 전, 여름에 물든 도시의 잔영을 기억 속으로 박제하기 위해서다. 적당한 온도와 습도가 파리의 심장을 아늑하게 감쌌다. 도처에 만개한 만물이 태양의 수혜를 함빡 받들기 위해 촉을 곤두세우는 속삭임에 귓불이 간지럽다. 세태의 먼지 속에는 나의 공상과 몽상 또한 뒤섞여 있으리라.

튀일리 정원을 걸으면 하루살이 떼의 습격에 시야가 가로막힌다. 몇몇은 내 눈동자에 박혀 그 짧은 생을 마감하고 만다. 아무리 앞을 향해 나아가려 해도 금빛 닐갯짓을 튕겨내는 아찔한 반짝임 닷에 제자리를 허우적대고 있는 것만 같다. 이들은 도대체 왜 나를 쫓고 있는 것일까. 마침내 금빛 장벽에서 벗어난다. 헤아릴 수 없을 만큼 거대한 하루살이 무리가 제자리를 맴돈다. 나는 그들의 영역을 침범한 이방인에 불과하다.

어느덧 분수대에 발길이 닿았다. 사람들은 태양을 등지거나, 해가 지는 서편에 자리를 잡고서 여름밤을 기다린다. 나는 분수대 중앙에 앉아 빛의 도시와 대면한다. 구름 뒤 얼굴을 감추고 찬란한 노을을 드리운 태양이 긴 한숨을 호숫가에 드리운다. 맨눈으로 감히 직시할 수 없던 황금빛 구형의 완전체가 구름 뒤에 숨어 나를 조롱한다. 금빛 너울이 분수대의 잔잔한 물결을 타고 흐른다. 금슬 좋은 오리 부부가 미세하게 떨리는 태양의 파동을 가르며 유유히 헤엄친다. 오리가 벌려놓은 간극으로 여름의 태양이 소용돌이친다. 물결 속에 빠져 영원히 헤어 나올 수 없을 것 같다. 그러지 않아야

L'heure d'été à Paris
파리의 서머타임

L'heure d'été à Paris
파리의 서머타임

할 이유도 없으므로 그 황금빛 블랙홀 속으로 흡수되어 간다. 호숫가에 코를 파묻고 태양의 냄새를 깊게 들이마신다. 숨을 크게 들이쉬자 니코틴 향기가 엄습한다.

순간 어느 파리지앵의 날숨이 와 닿는다. 그는 도무지 저물지 않는 여름의 태양을 향해 진한 담배 연기를 내뱉는다. 입에서 새하얀 뭉게구름이 피어난다. 태양은 비로소 핑크빛으로 물든 잔흔을 남긴 채 물러선다. 연한 어둠이 내려앉은 방돔 광장에서 점능식을 기다린다. 자성이 나 되어서야 불이 들어온다. 전깃불은 희미한 밤을 수줍게 밝힌다. 완전히 어두워지지 않은 하늘은 옅은 푸른빛으로 빛난다. 여름의 파리는 오직 빛으로 가득할 뿐이다.

Piano
Fratelli
et
tailleur
Chanel

←⫸ 플레옐 피아노와 샤넬 수트

지난가을과 같이 일탈의 자유로움과 일로써 작업이 절묘하게 뒤섞인 여행이었다. 계절을 달리한 평행우주 속을 걷는 기분이었다고 할까. 최영선 대표는 파리를 떠나는 날, 15구의 아파트로 우리를 초대했다. 15구라면 파리 서쪽 끝자락이다. 우리가 머무르고 있는 몽트뢰유는 파리의 동쪽 끝이니 시테섬을 중심으로 반을 접으면 데칼코마니처럼 동쪽 끝과 서쪽 끝이 만나는 모양새였다. 파리를 떠나는 날 아침, 우리는 파리의 서쪽 끝으로 향했다.

아르데코 양식의 아파트가 펼쳐진 거리는 고즈넉한 분위기를 풍겨왔다. 아파트 외벽의 기하학적인 유리 장식과 곡선 형태의 계단 난간은 소박하지만 세련된 아름다움을 풍겼다.

3주 만에 만난 최영선 대표와 남편은 프로젝트를 일단락 지은 홀가분함으로 회포를 풀었고, 2년 전 에페르네에서 작별 인사를 나누었던 우리는 반가운 마음으로 서로를 껴안았다. 그녀는 곧 남편에게 위산 과다증이 호전되었는지 물어온다. 취재를 마치고 소화 장애가 도졌을 때, 약을 건네준 사람이 바로 그녀의 이웃이었다. 회복세를 띤 남편의 경쾌한 제스처에 그녀는 샴페인 한 병을 꺼냈다. 엘레마흐 호비옹*Elemart Robion* 샴페인과 생선 요리를 페어링할 계획이었으나 엊저녁 택시에서 핸드폰을 잃어버린 뒤 상황이 틀어졌다며 허심탄회하게 말을 잇는 그녀. 날이 밝자 곧장 새 핸드폰을 개통하느라 장 볼 여유가 없었다고 한다. 이때 나는 파리에서 삶을 영위해 가는 하나의 방식을 엿보았다. 잃어버린 물건이 되돌아오지 않는다는 것은 꽤 확고한 규칙이었고, 파리지앵은 그 사실을 겸허히 받아들이는 듯했다. 생선 요리 대신 아파트 1층 상가에 자리한 피자 가게에서 갓 구워 나온 피자를 공수해 온 그녀. 흰 도우와 치즈, 붉은 토마토소스 그리고 푸른 바질의 마르게리타 피자였다. 단순한 조합이지만 파리의 15구에서 피자의 이데아를 만났다고 할까. 씹을수록 고소한 단맛이 감도는 쫄깃한 도우 위로 신선한 토마토의 달콤한 과즙과 부드러운 치즈가 흘러내렸다. 반짝이는 새하얀 거품을 타고 은은한 과실 향을 풍기는 샴페인은 여름의 상쾌함을 선사했다. 프랑스의 만추를 타고 장마에 푹 젖은 파리의 겨울을 가로지른 뒤, 태양이 넘실거리는 빛의 도시에 다다르기까지, 여정을 마무리하는 의식으로 손색없는 식사였다.

입안을 타고 흐르는 향기로운 샴페인 기포 사이로 취기가 살며시 오르려 할 때, 아담한 아파트 한편에 놓인 피아노가 눈에 들어왔다. 플레옐*Pleyel*사의 업라이트 피아노였다. 플레옐은 드뷔시, 라벨, 스트라빈스키의 사랑을 한 몸에 받았으며, 쇼팽의 피아노로 유명하다. 최영선 대표는 피아노를 구하기 위해 수소문 끝에 어렵사리 한 노부인과 연락이 닿았다고 한다. 피아노를 운반하기 위해 부인의 집을 찾은 그녀는 고풍스러운 저택의 모습에 압도되었고, 샤넬 수트를 곱게 차려입은 노부인의 자태에 홀려버리고 말았다며 당시를 생생하게 묘사했다. 나는 말없이 피아노 앞에 앉았다. 이틀 전 페르 라셰즈 묘지에서 만난 쇼팽의 화답을 확인하기 위해서였다. 「prelude no. 13」을 연주했다. 활짝 열어젖힌 발코니로 쏟아지는 여름의 햇살이 넓은 플라타너스 잎사귀에 반사되어 쇼팽의 피아노 선율을 타고 푸른 황금빛으로 일렁였다.

Fratelli Castellano

43 Rue Fondary, 75015 Paris

Piano Fratelli et tailleur Chanel
플레옐 피아노와 샤넬 수트

Réalité
de
surréaliste

빛과 어둠이 공존하는 파리의 여름. 낮과 밤이 서서히 교차하는 초현실적인 도시의 풍경은 마그리트의 「빛의 제국」을 연상케 한다. 서로 다른 성질의 빛이 어우러져 빛의 향연을 이룬다. 여름의 파리에서 마그리트의 초현실은 엄연히 현실이었다. 하지를 향한 태양은 기나긴 꼬리를 감추려 하지 않고, 절정으로 내몰린 여름은 밤의 세계와 줄다리기를 한다.

마그리트를 흠모해 오던 남편에게 초현실의 현실을 카메라에 담는 일은 필연으로 작용한 것일지도 모른다. 그는 이번 여행에서 마그리트에 영감을 받아 사진 작업을 이어가고 있었다. 마그리트는 이성에 의한 통제가 부재하는 상상력을 절제되고도 지적인 사유의 미학으로 이끌었다. 사진이라는 매체는 본질적으로 초현실적인 특성을 안고 있다. 우리는 여름의 파리를 거닐며 모든 초현실적인 현실을 눈에 담았다. 삶과 죽음, 낮과 밤, 여름과 겨울, 현실과 상상, 과거와 미래, 빛과 어둠, 욕망과 허무.

용광로처럼 이글거리는 노을에 비춰 마치 실내에 불이 켜진 듯한 착각을 일으켰던 센강 저편의 루브르, 역광에 반사되어 후광을 드리우고서 금방이라도 날개를 펼치고 날아오를 것만 같던 거리의 조각상, 낮도 밤도 아닌 경계의 시간 속에서 초록이 무성한 나무 옆 죽은 나뭇가지에 걸터앉은 한 마리 새, 튀일리 정원 분수대 위로 솟은 콩코르드 광장의 오벨리스크와 토사물처럼 쏟아지는 찬란한 노을, 희미한 밤을 밝히는 가로등은 나트륨등이 아니라 태양의 잔영으로 가득 차 있을 뿐이며… 지금도 여전히 진행 중인 작업의 타이틀은 「Ce si n'est pas une photographie 사진이 아닙니다」.

Réalité de surréaliste
초현실의 현실

French not French
여름의 파리

342*343

French not French
여름의 파리

344 * 345

Réalité de surréaliste
초현실의 현실

Épilogue

에필로그 ⫸→

나는 지금 마르세유의 항구 앞 알제리 식당에 앉아 있어. 바다를 곁에 두고 있음에도 이상하게 짠 내가 풍기지 않아. 갖은 허브가 뒤섞인 기분 좋은 향기가 맴돌 뿐. 6시간 뒤면 파리로 돌아가 서울행 비행기에 몸을 싣겠지. '더 캠프*The Camp*'에 머문 일주일 동안 네게 편지 한 줄 쓸 짬이 나지 않았어. 쉴 새 없이 돌아가는 일정이었거든. 이렇게 다시 찾은 프랑스에서 너와 함께한 지난 여행의 기억이 주마등처럼 스쳐 갔어. 사이프러스 나무가 하늘을 향해 일렁이는 엑상프로방스의 유혹을 떨쳐내기 어려워했지만, 파리를 다녀간 지 한 달도 채 되지 않은 시점에서 넌 이번 여행을 과감히 단념했지.

더 캠프에서의 마지막 날, 나는 생빅투아르산이 올려다보이는 잔디밭에 앉아 지중해의 바람이 실린 노을을 바라보았어. 문득 너와 나누었던 소소한 일상이 너무도 그리워지기 시작했어. 나는 훗날을 기약하며 생빅투아르산 너머 북녘 바닷가를 상상하고 있었지. 우리가 닿지 못한 노르망디 해변을. 언제고 다시 프랑스 땅을 밟는다면, 오픈카를 빌려 타고 지중해가 반짝이는 해안 도로를 달려 북녘 연안까지 가는 거야. 네가 그토록 갈망하는 강렬한 햇살과 건조하고 맑은 공기 속을 가르며. 이른 아침 가장 먼저 문을 연 알제리 레스토랑에 들러 쿠스쿠스를 먹는 거야. 한 접시 가득 담겨 나오는 풍만함에 배를 잡고 숨을 헐떡이겠지. 점심 전이라 한산한 테이블에는 식당 주인의 어린 아들이 지루한 표정으로 숙제를 하고 있을테지. 그 옆엔 인자한 할머니가 흐뭇한 미소를 지으며 아이를 다독일 것이며. 알제리 가족은 온화한 미소를 머금고 명백한 이방인에게 다가와 음식이 입맛에 맞는지, 많이 들고 가라며, 그 맑은 눈동자를 끔뻑이며 말을 걸어올 거야. 너는 언제고 이곳을 다시 들르겠다며 허황하고도 무의미한 약속을 건네겠지.

참, 미리 고백할 게 있어. 네게 줄 기념품을 미처 챙기지 못했어. 너에게 가져다줄 건 지중해가 드리운 건조한 햇볕에 그을린 구릿빛 살갗뿐이야.

French not French

프렌치 낫 프렌치
: 파리와 소도시에서 보낸 나날

초판 1쇄 인쇄 2021년 7월 21일
초판 1쇄 발행 2021년 7월 28일

지은이   장보현, 김진호
펴낸이   이준경
편집장   이찬희
책임편집   김아영
편집   김한솔
책임디자인   김정현
디자인   정미정
마케팅   양지환

펴낸곳   지콜론북
출판등록   2011년 1월 6일 제406-2011-000003호
주소   경기도 파주시 문발로 242 3층
전화   031-955-4955
팩스   031-955-4959

홈페이지   www.gcolon.co.kr
트위터   @g_colon
페이스북   /gcolonbook
인스타그램   @g_colonbook

ISBN 979-11-91059-11-3 03810   값 19,800원

지콜론북은 예술과 문화, 일상의 소통을 꿈꾸는
㈜영진미디어의 출판 브랜드입니다.

Lauret $\longrightarrow$ Péznas $\longrightarrow$ Puy l'Evêque $\longrightarrow$

파리에서 온 편지

Une
lettre
de Paris

파리에 도착한 지 하루가 지났어. 앞으로 열흘 동안 촬영을 이어가야 한다는 생각에 여행의 두근거림보다 부담감이 앞서. 몇 해 전 출장차 나폴레옹이 그토록 원했던 모스크바를 다녀간 게 내가 경험한 유럽의 전부였던 터라 파리에 대한 기대감이 컸던 것도 사실이야. 그러나 샤를드골 공항에 도착했을 땐 이미 지평선이 어둠에 잠겨 있었고, 공항 앞에 길게 늘어선 택시를 타고 황량한 고속도로를 달리는 동안 기분이 썩 좋지만은 않았어. 택시 안에는 진한 향수 냄새와 볼륨을 최대로 높인 음악만이 정적을 타고 감돌았거든. 너와 함께였으면 우린 무거운 캐리어를 끌고 공항 철도를 탔을 거야. 시외곽으로 흐르는 거뭇한 실루엣을 바라보며 말이야. 온갖 세상의 향기와 알아듣지 못하는 말소리가 뒤섞여 우리의 호기심을 자극했겠지. 어쨌거나 택시는 외곽 도로를 거침없이 빠져나와 파리 시가로 진입했고, 나는 방향감각을 상실한 채 한 건물 앞에 섰어. 에어비앤비로 예약한 숙소였는데, 문이 열리지 않아 한참 애를 먹었지. 문을 여는 방식이 뭔가 낯설었거든.

다락이 있는 꼭대기 층이 우리 촬영 팀이 이틀간 머물 곳이었어. 그런데 엘리베이터가 4층까지만 갈 수 있는 거야. 다들 무거운 캐리어를 들고 2층 높이의 계단을 더 올라가야만 했어. 모두 녹초가 되었지. 오래된 아파트를 개조해 복층으로 꾸민 숙소였어. 나는 목조 박공이 올려다보이는 곳에 자리를 잡고 파리의 밤을 맞이했어.

시차 탓인지 새벽 4시쯤 절로 눈이 떠지더라. 선뜻 일어나지 못하고 이불 속을 뒤척이는데, 붉은 태양의 긴 꼬리가 발끝을 간지럽히는 거야. 유리창으로 새어 들어오는 빛을 밟으며 발코니에 다다랐어. 부식된 회색 지붕 사이로 말간 해가 비로소 모습을 드러내자 좁은 골목길이 구석구석 영롱하게 빛나기 시작했어. 밤의 장막이 걷히고 파리라는 무대가 열린 거야! 어젯밤 택시 안에서 밀려온 우울함은 설렘과 환희로 바뀌었지. 나는 지체할 틈 없이 카메라를 들고 곧장 거리로 나섰어. 이른 아침부터 문을 열고 활기를 띤 빵집에서 바게트를 사고 싶었지만 왠지 두려운 마음에 상점을 지나치고 말았어. 네가 곁에 있었으면 네 등을 떠밀며 거뜬히 해냈을 텐데. 아무도 나를 신경 쓰지 않았지만 모든 것이 이상했어. 거리는 울퉁불퉁했고 무서운 표정의 얼굴들이 좁은 골목길에서 튀어나와.

사진작가 외젠 아제*Eugène Atget*의 사진에서만 보던 파리의 자연스러움이 아름답게 펼쳐졌어. 파리는 오래된 것과 새로운 것의 조화가 절묘하게 어우러져 있어. 디자인된 아름다움이 아닌, 세월을 머금고 축적된 풍부

Une lettre de Paris
파리에서 온 편지

한 미감에 감탄사가 절로 나올 뿐이야. 도처에 거대한 뿌리를 내린 플라타너스는 가을빛으로 서서히 물들고 있어. 파리도 서울의 가을과 크게 다를 건 없어. 그러나 이곳의 광질이 더욱 선명하다고 느낀 건 여행자의 과장된 기분 탓일까. 참, 이곳엔 자전거 도로가 즐비해. 달리는 자전거의 속도감이 꽤 크게 다가와 걸을 때 주의를 기울여야 해. 걷다 보면 도보와 맞닿은 경계로 자칫 자전거 도로를 침범할 수 있거든. 온종일 걷다 보니 나는 파리에 도착한 지 하루 만에 적응한 것 같아.

어느새 센강에 도착했어. 청량한 가을 햇살이 센강을 황금빛으로 물들이는 중이야. 태양 빛에 반사된 금빛 물결이 도시를 찬란하게 비추고 있어. 파리지앵들은 그저 평범한 일상인 듯 강변에 앉아 여유를 즐겨. 바게트를 뜯어 먹거나, 책을 읽거나, 이야기를 나누거나, 아무것도 하지 않거나. 나도 그 틈에 앉아 살며시 발등을 포개 너에게 편지를 쓰는 중이야. 돌아가는 길에 어디선가 환희의 찬가가 들려왔어. 바스디유 광장을 지나는 중이었고, 광장 한가운데 우뚝 선 기념비 꼭대기엔 황금빛으로 빛나는 자유의 전령이 도약을 위한 힘찬 날갯짓을 하고 있었지. 그건 아마 조각상 곁을 지나가던 새소리였을지도 몰라. 파리는 이런 곳이야. 아무것도 아닌 새소리가 환희의 찬가가 되고, 매 순간 들이켜는 들숨에 흠모하는 예술가들의 날숨이 혼재되어 있어. 어서 너와 함께 파리지앵의 일상으로 스며들고 싶을 뿐이야.

Cité et Saint-Louis, le cœur de Paris

파리에서 첫 일정은 현지 코디네이터와의 미팅이었어. 앞으로 이어질 대장
정의 시작이기도 했고. 미팅 장소는 레스토랑 〈A.T.〉. 구글 지도를 켜고 보
니 숙소와 멀지 않은 곳에 있더라. 지하철로 23분, 버스로 20분, 걸어서 22
분이 걸리는 경로였지. 나는 이때 어렴풋이 깨달았어. 파리에서는 대중교통
을 이용하는 것과 걷는 것의 시간 차가 크지 않다는 것을. 나는 지도가 알려
주는 대로 두 개의 다리로 연결된 하나의 섬을 지나 센강을 건넜어.

나중에 알게 된 사실이지만, 그 다리는 퐁 마리와 투르넬 다리였고, 생루
이섬을 직선으로 잇고 있었어. 시테섬은 파리에 남아 있는 두 개의 자연 섬
중 하나야. 나머지 하나는 생루이섬이지. 두 섬은 생루이교로 이어져 있어.
지도를 펼치고 바라본 두 개의 섬은 파리 한가운데 놓여 있어. 마치 파리의
심장과도 같이 말이야. '파리'라는 지명이 5세기 무렵 시테섬에 안착한 '파리
시'족으로부터 유래된 것을 보면 시테섬은 파리의 심장임이 분명해. 시테섬
엔 노드르딤 대성딩, 생드사펠 성딩, 법원, 도핀 굉장과 같은 역사적인 공공

건축물이 위용을 드러내고 있는 반면, 생루이섬에는 17~18세기 귀족들의 저택이 고스란히 남아 있어. 생루이섬을 건너는 데 10분이 채 걸리지 않았을 거야. 여행객들로 늘 북적이던 파리가 생루이섬을 건너는 동안 소강상태를 맞이했지. 생기 넘치는 파리의 여느 거리와 다르게 왠지 따분하고 적막한 분위기가 감돌았어.

생루이섬에서 센강을 건너자 나의 오른편에는 그토록 유서 깊은 카르티에라탱이, 왼편엔 프랑스 지성의 보고 소르본 대학이 펼쳐졌지만 나는 곧장 레스토랑으로 직행할 수밖에 없었지. 소르본 대학이라면, 네가 파리와 첫 만남을 고대하며 재잘거리던 프랑수아즈 사강*Francoise Sagan* 이야기가 떠올라. 소르본 대학에 낙방한 사강이 단 6주 만에 써 내려간 작품이 『슬픔이여 안녕』이었다고, 소르본 대학 귀퉁이에 앉아 담배는 피우지 못해도 라테와 책

몇 권, 종이와 펜을 끼고 파리의 공기를 만끽하고 싶다던 네 중얼거림이 스쳐 갔지.

모습을 드러낸 레스토랑은 모던함 그 자체였다고 할까. 온통 하얀 벽으로 둘러싸인 내부는 군더더기 없이 깔끔했고, 곧은 직선의 조형미가 돋보였어. 일본 문화의 정체성이 파리의 예술적 토양과 만나 한층 세련된 분위기를 풍겼지.

미팅과 함께 흘러간 식사의 화두는 프랑스 현대 요리와 내추럴 와인 페어링이었어. 형식적인 프렌치 정찬 코

Cité et Saint Louis, le cœur de Paris
파리의 심장, 시테섬과 생루이섬

스가 아니라 셰프만의 독창적인 프레젠테이션으로 산뜻하며 간결한 요리가 식탁을 물들였지. 말로만 듣던 내추럴 와인은 곁들인 요리와 환상의 페어링을 선사하며 완전히 새로운 미각을 자극했어. 낯선 감각에 두려움이 엄습하다 호기심에 가슴이 요동치기도 했어. 파리에서의 짧았던 프롤로그의 여운을 따라 내일이면 본격적인 여로에 오르겠지.

A.T.

4 bis Rue du Cardinal Lemoine, 75005 Paris

오너 셰프 아츠시 다나카*Atsushi Tanaka*는 자연에서 얻을 수 있는 단순한 기쁨을 식탁 위로 구현해 낸다. 태생은 일본이지만, 파리와 앤트워프, 코펜하겐, 스톡홀름 등지를 거쳐 다시 파리로 돌아와 레스토랑 〈A.T.〉를 운영하고 있다. 셰프 피에르 가녜르*Pierre Gagnaire*가 '주방의 피카소'라 일컬을 만큼 다나카는 접시 위로 영감과 창의력을 발산한다. 신선한 제철 요리는 내추럴 와인과 자연스럽게 어우러지며, 해마다 미슐랭 가이드에서 빠지지 않는다.

Automne à la frontière, Lucinges, la ville frontières

드디어 파리 체크아웃이야. 새벽부터 짐을 챙겨 리옹역으로 향했어. 동이 틀 무렵 도착한 리옹역엔 아침노을이 예쁜 시계탑을 감싸고 있었지. 푸른 시계 침은 정확히 네가 가장 좋아하는 색이었어. 하늘색의 어두운 빛과 밝은 빛을 동시에 지닌 로열 블루 말이야. 햇빛이 들 땐 예쁜 푸른빛으로 빛났다가 그늘이 지면 이내 짙은 먹색으로 변하곤 했어.

세계 각지에서 몰려온 군중을 헤집고 기차에 올라 나는 창가 쪽에 앉았어. 너와 함께였더라면 항상 창가 쪽을 고집하는 네게 자리를 양보했을 거야. 그러면 너는 중간쯤 달려온 곳에서 선심 쓰듯 자리를 바꿔주었겠지. 아, 리옹역에서 리옹역을 간다고 하니, 도대체 무슨 소리냐며 네가 메시지를 보냈었지? 19세기부터 이어진 유럽의 오랜 철도 시스템이 현재까지 혼용되고 있다고 얘기하면 되려나. 여하튼, 나는 파리 리옹역에서 '진짜' 리옹Lyon으로 가기 위해 기차에 올랐어.

남쪽을 향해 달리는 테제베TGV 차창 밖으로 흐르는 풍경이 쉴 새 없이 펼쳐졌어. 한없이 이어진 드넓은 대지 위로 구름이 만들어낸 그림자가 시시때때로 명암을 드리웠지. 높은 산 아래 들과 강이 굽이진 풍경에 익숙했던 나는 느닷없이 맞닥뜨린 비일상성에 사로잡히고 말았어. 그것은 바로 낯선 아름다움이자 '새로움의 충격'이었어. 대학 시절 줄기차게 책으로만 이해했던 모더니즘의 개념이 차창 밖으로 생생하게 춤을 추는 거야. 땅 위에서 두 발을 딛고 멀찌감치 바라보던 풍경이 빠르게 달리는 기차의 속도에 맞춰 파

노라마로 확대된 것이지. 평평한 대지 위로 번지는 끝없는 풍경은 빠르게 움직이는 근경의 속도감과 정지된 듯한 원경의 거리감을 동시에 품고 있었어. 기차에 오른 지 1시간이 지났을까. 새로움의 충격은 어느덧 일상성으로 체화되었고, 나는 핸드폰을 만지작거리기 시작했어. 소와 말 떼, 양 무리가 등장하거나 아름드리나무 군락이 시야에 들어오면 흠칫 고개를 돌리곤 했지.

3시간을 달려 리옹에 도착한 우리는 곧장 렌터카를 타고 목적지로 향했어. 도시의 실루엣을 엿볼 새도 없이 말이야. 그래서 내 기억 속엔 리옹의 풍경은 없어. 우리는 그길로 동쪽으로 향했는데, 목적지는 스위스 제네바Genève와 국경을 마주한 곳이었어. 하루 종일 길 위를 달리다 어둑한 밤의 가운데, 마침내 내추럴 맥주 양조장 〈Brasserie des Voirons〉에 도착했지. 그러니까, 나는 제네바와 인접한 프랑스 뤼상주Lucinges에 와 있었던 거야. 알프스산맥을 낀 프랑스 지역은 물이 맑은 곳으로 정평이 나 있어. 이곳 사람들은 알프스의 만년설이 녹아 퇴적층을 통과하며 생성된 자연수를 일상적으로 마셔.

양조장을 운영하는 크리스토프

*Christophe*는 자신의 집으로 우리를 초대했어. 늦은 밤이었음에도 말이야. 말간 하늘에서 쏟아지는 별빛이 가을밤의 서늘한 공기와 함께 온몸을 감쌌어. 여로에 지쳐 무뎌진 감각이 자연의 청량함으로 되살아나는 듯했지. 통나무로 지어진 집은 벽난로에 장작을 양껏 태워 훈훈한 온기가 넘쳤어. 벽난로엔 멧돼지구이와 밤이 익어가는 중이었고, 주방은 온갖 가을의 정취로 가득했어. 산에서 갓 채취한 가을 버섯과 강가에서 건져 올린 추어가 프라이팬에서 익어가고 있었지.

이 모든 것이 지역 인근에서 난 제철 식재료였어. 멧돼지는 이웃이 사냥해서 나누어 준 것이었고, 밤은 뒷산에서 주워 왔다며 크리스토프가 멋쩍게 웃었지. 멧돼지 요리는 지방질 없는 돼지 안심과 비슷했고, 민물 생선 요리엔 담백한 흰살생선 맛이 났어. 나무에서 갓 따낸 버섯은 종이를 씹듯 식감이 매우 질겼지만 대지의 흙내가 향긋하게 풍겼지. 장작불에서 타닥타닥 소리를 내던 구운 밤은 가을철마다 뒷산에서 주워 먹곤 했던 한국의 밤과 꼭 닮았어. 고소하며 달콤한 제철의 신선함이 계절의 절정에 놓인 채 내 몸을 가득 채웠지. 크리스토프의 내추럴 맥주는 익히 알고 있던 맥주의 관념을 완전히 뒤엎는 새로운 맛이었어. 온갖 허브 향이 입속에서 춤을 추며, 함께한 음식의 뒷맛을 깔끔하게 잡아주었지. 그 향긋함에 이끌려 계속 손이 가더라.

그가 소개한 식재료 모두 한국에서 나름 토속성 짙은 것이라 여겨왔는

데, 프랑스에서도 흔한 먹거리였던 거야. 그들의 일상 또한 나의 일상과 크게 다르지 않음을, 숯이 되어가는 장작불 앞에 앉아 마음속으로 조용히 그려가고 있었어.

그렇게 국경의 밤을 지새우고 다음 날 우리는 크리스토프의 살롱이 있는 제네바로 향했어. 차를 타고 국경을 지날 때, 왠지 모를 경계심이 들었지만 아무 일도 일어나지 않아 오히려 싱거웠지. 유럽은 하나의 놀이터라는 말의 의미를 새삼 느꼈어.

제네바는 경계의 도시였어. 사람들은 프랑스 말을 쓰고 거리는 파리의 모습과 크게 다르지 않아. 차이를 들자면 프랑스보다 정돈이 잘 되어 있고 디자인적인 장식이 눈에 띄는 듯해. 제네바로 진입할 때, 시 외곽의 시계 브랜드 위블로*HUBLOT* 공장 전광판을 놓쳤더라면 스위스에 와 있는 줄도 몰랐을 거야. 크리스토프는 제네바 시내 한복판에서 〈Mi Food Mi Raisin〉이라는 바를 운영하고 있어. 프랑스엔 양조장과 집을 두고, 스위스로 출퇴근하는 일상. 이곳의 지역색을 대변하는 인물이었지.

제네바 도심을 스치듯 지나, 이번엔 내추럴 시드르를 만드는 자크 페리타즈*Jacques Perritaz*의 양조장으로 향했어. 예정에 없던 일이었지만, 크리스토프가 꼭 가봐야 할 곳이 있다며 우리를 데려갔거든. 자크는 제네바에서 프랑스 말을 쓰는 스위스인이야! 냉장고처럼 서늘한 양조장 한편에서 사과를 원료로 한 시원한 시드르를 맛볼 수 있었어. 바게트와 햄을 곁들여 먹었는데, 아직까지 그 맛의 여운이 가시질 않아. 사과 향이 그토록 상큼할 수 있을까? 무심한 듯 썰어 낸 소박한 바게트와 햄은 시드르의 스파클링 속으로 녹아들어 갔지.

생물학자이기도 한 자크는 알프스 지대의 고산으로 둘러싸인 고립된 목초지에서 개량되지 않은 지역의 토종 사과나무를 가꾸며 전통 방식으로 시

Automne à la frontière, Lucinges, la ville frontières
국경의 가을, 경계의 도시 뤼상주

드르를 만들고 있어. 태초의 사과 맛이 이러했을까? 깨끗하고 신선한 식재료만으로도 훌륭한 요리가 될 수 있다는 단상이 스쳤어. 순박한 그의 미소와 함께, 우리가 먹고 마시는 음식의 순수성을 생각하며 말이야. 인류가 쌓아온 오랜 전통을 밟으며 자연의 방식대로 무언가를 만드는 것이 어색해져 버린 시대에 살고 있잖아.

취재를 할수록 지속 가능한 삶의 단면을 엿봐. 열정적이며, 때로는 자유롭고, 자신의 삶을 사랑하며, 그 중만함을 이웃과 기꺼이 나눌 줄 아는 그들의 라이프 스타일에서 상실감 속의 희망을 그려. 너는 이미 서울 한복판의 오래된 작은 한옥에서 이와 다를 바 없는 일상을 꾸려가고 있잖아? 내가 이곳에서 보고 들은 이야기를 너에게 들려준다면, 너도 곧 프랑스로 날아와 나와 같은 여정에 발을 들인다면, 우리의 삶도 아무것도 첨가하지 않은 사과 농축액의 기포처럼 아름답게 피어오르지 않을까.

Une scène à arrêter une voiture en marche

message.1

보졸레의 가을

사진은 프레임의 예술이다. 무엇을 담고, 얼마를 덜어 낼 것인가. 보졸레의
가을 속엔 모든 것이 가득 차 있었다. 지평선 너머 하늘엔 구름과 바람이 유
연하게 춤을 추고, 포도밭이 끝없이 펼쳐진 언덕 아래 만추의 탐스러운 열
매와 단풍이 흐르고 또 흘렀다.

    덜어 내고 덜어 내도 담기지 않을 것만 같던 풍경 앞에서 나는 고개를 돌
려가며 여러 번의 셔터를 눌렀다. 아이러니한 건 이 기다란 한 컷에도 그날
의 풍경은 온전히 드러나지 않았다는 사실이다. 파노라마 속으로 조각난 풍
경을 포개었지만, 그 순간 내가 바라본 풍경은 아니었던 것이다. 언젠가는
프레임 밖의 이야기를 담을 수 있는 날이 오기를.